용수 스님의
코끼리

본래 나로 사는 지혜

용수 지음

● ● ●

용수 스님의
코끼리

스토리닷

목차

하나
• • •
모든 것이 마음입니다

거울 같은 지혜

화가 나는 것은 그냥 일어나는 것이 아니라 분명한 원인과 조건이 있습니다. 분노 자체는 나쁘지 않습니다. 힘을 주는 명쾌한 에너지이기도 합니다. 알아차림이 있다면 분노가 우리에게 이롭습니다. 알아차림이 없으면 에너지가 탁해지고 화를 내고 분노에 매달리게 됩니다. 말과 행동으로 실수를 하게 됩니다.

　분노를 알아차리면서 순간순간 녹여 보세요. 분노 속에 릴렉스 하는 것입니다. 분노 때문에 일어나는 생각들이 자연스럽게 풀리도록, 또 풀리는 것을 지켜보십시오. 하지만 분노가 클 때는 너무 애쓰지 말고 내버려 두세요. 그냥 인정하고 기다려 보세요. 벌이 꽃으로부터 꿀만 가져가듯이 분노에서 지혜만 얻어 가세요. 분노를 알아차림 속에 허용하세요. 티베트불교에서는 분노를 거울 같은 지혜라고 합니다.

간섭하는 습관

우리는 엉뚱한 궁금증으로 불필요한 고통을 만듭니다. 집착과 미움으로 남의 일에 간섭합니다. 자비심으로 하는 게 아니라 괜히 남의 일에 끼어들어서 자기 의견을 드러냅니다. 번뇌로 다른 사람에게 엉뚱한 관심을 가집니다. 자신도 잘못하면서 오만하게 남들을 판단하고 비판합니다. 판단 자체가 나쁜 것이 아니라 판단을 고집하는 것이 나쁜 것입니다. 의견을 사실로 주장하지 마세요.

　다른 사람 일에 간섭해서 결과가 좋으면 할 만하죠. 하지만 결과가 고통스럽다면 자제해야 합니다. 고통의 원인을 만들지 말아야죠. 중생은 자기 머리를 막대기로 때리면서 누가 때리고 있느냐고 화를 냅니다. 간섭하는 습관 하나만 자제한다면 엄청난 고통을 막을 수 있습니다. 불과 놀면 화재를 입듯이 간섭하면 피해를 입습니다.

　특히 자식이나 배우자에 대한 간섭이 지나칩니다. 말을 안 하면 끝인데 참견하고 싶은 마음을 못 참고 고통 속으로 파고들어 갑니다. 고통을 원하지 않으면서도 고통을 따라다닙니다. 참견하고 싶은 유혹이 일어날 때 고통의 불인 줄 알고 건드리지 마세요. 명상은 유혹이 지나가게 허용하는 것입니다.

1분만 자제하면 고통을 피할 수 있습니다.

알아서 뭐하게요? 알면 고통스러워요. 남의 생각을 다 알면 죽고 싶을 거예요. 끔찍하죠. 몰라도 됩니다. 모르는 게 약이 되는 경우가 많습니다. 자기 일과 이 순간만 잘 지키세요. 남의 일을 잘 모르는 행복한 바보로 살아요.

생각은 허깨비입니다

일어나는 생각은 망상이라고 할 수 있습니다. 왜곡된 지각, 즉 탐·진·치에서 비롯됩니다. 이것을 볼 수 있으면 생각에 집착하지 않을 겁니다. 누구를 안 좋아하면 미운 생각들이 일어납니다. 하지만 미움은 대상에도 나에게도 어디에도 존재하지 않습니다.

물과 햇빛을 조건으로 무지개가 나타나듯이 대상과 습관의 인연으로 생각이 일어납니다. 허깨비처럼 나타나지만 실제로 존재하지 않습니다. 지혜란 모든 것이 마음에서 지어냈을 뿐이며 따로 독립적으로 존재하는 것이 하나도 없다는 것을 이해하는 겁니다.

내려놓는다는 것

놓는다는 게
물건에 집착하지 않고
사람에게는 자유를 주고
상황을 구체화하지 않는 것입니다.

보리심은 텃밭과 같습니다

우리 수행은 늘 변화하고 있습니다. 앞으로 나가지 않으면 뒤로 떨어집니다. 우리 마음은 몸과 같습니다. 계속 관리를 안 하면 쇠퇴합니다. 몸은 날마다 음식으로 필요한 영양을 섭취합니다. 마음도 날마다 하는 명상으로 삼매의 영양을 섭취해야 합니다.

보리심은 텃밭과 같습니다. 번뇌의 잡초를 뽑지 않고 선량함의 물을 주지 않으면 퇴보합니다. 보리심도 가만히 있지 않습니다. 보리심의 밭을 잘 갈고 몸을 돌보듯이 마음도 잘 돌봐야 합니다. 몸도 마음도 텃밭도 끊임없이 관리해야 합니다.

마음 때문입니다

행복은 자신에게 달려 있습니다. 인과란 자신의 에너지로 행복이나 불행을 불러오는 것입니다. 순수한 마음으로 열려 있으면 복이 옵니다. 사람들도 친절하고 상황도 유리합니다. 부정적인 못된 마음은 불행을 불러옵니다. 상황도 안 좋고 사람들도 불친절합니다.

마음이 천당과 지옥을 만듭니다. 행복과 불행은 마음에 달려 있습니다. 상황 때문에 힘든 것보다 마음 때문입니다. 환경 때문에 행복한 것보다 마음 때문입니다. 긍정적인 마음으로 유익하고 의미 있는 하루를 만들어 보십시오. 순수한 마음이면 어디를 가든 대접을 받고 복이 있습니다. 못된 마음이면 어디를 가든 불행을 만납니다.

평생 불행을 꽉 붙잡고 살고 싶은가요? 아니면 행복의 조건인 긍정적이고 순수한 마음을 만드시겠습니까? 미래는 지금 이 순간에 만들어지고 있습니다. 행복은 마음의 결정입니다.

야단 좀 맞으면 어때요?

야단맞는 순간 아집을 꽉 붙잡고 상처받고 남을 미워합니다. 야단맞는 게 마음공부에 좋은 일입니다. 공부가 멀었다는 것을 알게 하고 아집을 내려놓을 수 있는 공부가 됩니다. 야단을 맞을 줄 알아야 합니다. 에고를 조금만 건드리면 남을 미워해도 되고 욕해도 되는 줄 압니다. 여기서 온갖 장애와 고통을 만듭니다.

무시를 좀 당하면 어때요? 에고가 일어나게 하는 상황이 마음공부에 이롭습니다. 에고는 정말 예민합니다. 수행은 아집을 지나가게 하는 것입니다. 아집이 가라앉으면 바르게 생각하고 말하고 행할 수 있습니다. 아집으로 말하고 행하면 실수하고 후회합니다.

아집을 내려놓을 줄 알면 여러 가지 혜택이 생깁니다. 다시 말씀드리면 수행은 아집이 지나갈 때까지 말하지 않고 행하지 않고 기다리는 것입니다.

마음의 상태

우리는 죽음을 준비하기 위해서 사는 것입니다. 죽은 뒤 49일 동안 바르도(중음中陰)를 헤매면서 새로운 생을 찾습니다. 그때까지 쌓은 업(경향: 습관적인 반복으로 생긴 치우침)에 따라서 새로운 탄생을 하게 됩니다. 바르도에서는 혼란스러워서 알아차리기 어렵습니다. 그래서 어쩔 수 없이 경향을 따라가게 됩니다.

육도윤회는 마음의 상태입니다. 지금 마음이 어디에 끌려가는지에 따라서 미래 생이 결정됩니다. 마음 상태가 분노와 원한으로 차 있다면 지옥의 현상을 불러옵니다. 자주 멍 때리고 있고 무관심하고 무기력한 사람은 동물로 태어날 가능성이 많습니다. 욕망을 계속 따라가면 항상 모자라고 배고픈 악귀로 태어날 수 있습니다. 아무도 알 수 없습니다. 우리는 오감에 집착하기 때문에 윤회합니다. 맛과 느낌과 냄새와 형상과 소리에 집착해서 마음이 끌려갑니다. 바르도에서 업의 지배를 받으면 소나 돼지의 배 속으로 들어갈 수도 있습니다.

다음 생을 결정하는 바르도를 잘 준비하기 위해서 지금 마음의 경향을 잘 살펴야 합니다. 이생의 숙제는 내 마음이 어디에 끌려가고 있는지 경향을 살피고 알아차리는 것입니다. 우리 마음은 무엇으로 인하여 산란합니까? 육체적인 욕구만 만족시키는 삶은 헛되고 의미가 없습니다. 이생만 편안하게 살려고 하는 사람은 죽을 때 후회하고 다음 생은 이생보다 안 좋을 수밖에 없습니다.

인간이 사는 목적은 영적으로 진화해 가는 것입니다. 윤회는 산만함입니다. 마음을 산만하게 하는 욕망과 원한을 닦고 깨어있음과 선한 마음을 길러야 합니다.

행복은 이 순간입니다

감정에 자꾸 빠질수록 같은 감정이 더 자주 더 강하게 일어납니다. 습관이 되면 오랫동안 힘듭니다. 지나가는 현상일 뿐인데 생각을 굴려서 견고하고 오래가는 고통을 만듭니다. 윤회(고통의 악순환)는 생각으로 만듭니다. 지혜가 없어서 분별심으로 상황을 구체화합니다.

　감정에 빠지는 것은 위험하고 불리합니다. 대부분의 정신적인 고통은 구체화해서 만든 것입니다. 그냥 내버려 두지 못합니다. 해결책은 몰라도 되는 마음입니다. 마음의 평화를 버리지 마세요. 행복은 이 순간입니다. 모든 문제를 해결하고 나서 행복해지는 것이 아닙니다.

　내려놓고
　내버려 두고
　행복하세요.

감정에 더 이상 마음 팔지 말고 깨어있음과 선한 마음에 힘과 시간을 투자하세요.

고인을 위한 효도

사람이 죽으면 세 가지 바르도(중음)를 경험합니다. 죽음의 바르도(죽는 과정), 법성의 바르도(죽음에서 깨어나는), 재생의 바르도(새로운 탄생을 찾는). 사람들은 대부분 첫 번째와 두 번째 바르도에서 해탈하지 못하고 바로 지나가서 세 번째 바르도에서 49일까지 헤매게 됩니다. 바르도에 있는 영가를 도울 수 있는 방법을 소개합니다.

- 마음가짐이 상당히 중요합니다. 영가들은 거친 몸에서 벗어나 신통이 7~9배가 되어서 우리 마음을 읽을 수 있습니다. 너무 집착하거나 남은 식구들끼리 싸우거나 안 좋은 마음을 가지면 망자는 마음 아파합니다. 마음의 느낌이 강해서 엄청 힘들어합니다. 그래서 잘 가시라는 인사와 함께 감사하고 사랑한다는 순수하고 안정된 마음을 갖는 것이 중요합니다.
- 첫 21일 동안 고인이 더 좋은 데 갈 수 있도록 도와드릴 수 있습니다. 보시나 방생 같은 선행을 해서 망자에게 회향합니다. 공덕은 다른 사람에게 옮아갈 수 있습니다. 21일이 지나면 망자를 도울 수 있는 힘이 약해진다고 합니다.

- 절에 이름을 올려서 보시를 하고 스님들께 기도를 부탁할 수 있습니다. 기도의 모든 공덕은 망자에게 갑니다. 특히 티베트 사원에는 망자를 돕는 여러 가지 기도와 의식이 있습니다. 티베트 스승과 인연이 있다면 스승님께 부탁하는 것이 좋습니다. 포와수행과 여러 가지 밀교 방편이 있습니다.
- 《티벳 사자의 서》를 읽습니다. 꿈에서 알아차리는 게 어렵듯이 바르도도 꿈처럼 정신이 없습니다. 마음의 힘도 배가 되지만 혼란도 배가 됩니다. 망자는 죽었다는 것도 모릅니다. 죽었다는 것을 알려드리고 망자를 인도하기 위해《티벳 사자의 서》를 할 수 있는 만큼 49일 내내 알아차리면서 읽어드리면 좋습니다.《티벳 사자의 서》의 요점은 현혹되거나 두려워하지 않고 모든 현상이 본인 마음이라는 것을 알아차리면 인지와 해탈이 동시에 일어난다는 것입니다. 망자는 많이 두려워하고 혼란스러워해서 잘 들을 겁니다. 이런 도움을 반가워할 것입니다.
- 일주일에 한 번 제를 지냅니다. 예를 들면 화요일 오전에 돌아가셨으면 월요일마다 하고 화요일 오후에 돌아가셨으면 화요일마다 제를 지냅니다. 절에서 해도 되고 집에서 해도 됩니다.
- '수르' 공양을 올릴 수 있습니다. 망자는 냄새로 배고픔을 달랠 수 있다고 합니다. 수르 공양은 과자 같은 것을 부셔서 태운 뒤 망자에게 회향하는 것인데 망자가 취할

수 있다고 합니다. 49일 동안 날마다 해도 되고 제를 지낼 때마다 해도 됩니다.

너무 슬퍼하는 것보다 망자의 삶을 축하하고 아직 곁에 있다는 것을 잊지 마세요. 혼란스러운 바르도를 잘 지내고 좋게 태어날 수 있도록 편안하고 순수한 마음을 내는 것이 고인을 위한 효도라고 생각합니다.

외로움의 치유

우리 인간은 절박하게 애정이 필요합니다. 애정이란 생명끼리 나누는 따뜻한 마음이며 선의입니다. 마음을 열어서 식구나 가까운 사람들뿐만 아니라 모르는 사람들, 동물들, 만나는 모든 존재들과 따뜻한 마음을 나눠 보세요. 문자 보낼 때나 SNS를 통해서도 애정을 나눌 수 있습니다.

현대 돌림병인 외로움을 치유할 수 있는 것은 애정입니다. 인간은 애정 없이 살기 어렵습니다. 애정이 부족해서 중독이 되는 일시적인 즐거움을 따라다닙니다. 이렇게 하면 허무감만 더 커집니다.

애정을 나누는 것은 어렵지 않지만 작은 노력과 알아차림이 필요합니다. 연민과 사랑을 실천해서 따뜻하고 순수한 마음을 나눠 보세요. 열린 마음과 따뜻한 미소가 우리에게 필요한 전부입니다.

엄마를 용서해 주세요

엄마(부모)를 미워하는 것은 엄청난 고통입니다. 엄마가 잘못했기 때문에 엄마를 미워할 수 있습니다. 화가 날 수 있고 화가 나는 것은 괜찮습니다. 자신의 분노를 인정하세요. 하지만 엄마가 우리를 사랑하지 않아서 잘못한 것이 아닙니다. 아이를 키우는 지혜가 없어서 또한 자신의 습관에 매달려서 잘못을 저질렀습니다. 모든 부모들은 아이를 제대로 키우지 못해요. 자신이 받은 고통을 자식들에게 전하는 경우가 많습니다.

부모의 은혜는 하늘과 같다고 해요. 임신부터 태어날 때까지 엄청난 고통을 참고 낳아 준 은혜도 갚을 수 없다고 해요. 어렸을 때 부모의 보살핌이 없었다면 우리는 죽었어요. 평생 우리를 먹이고 재워 주는 사람이 어디 있나요? 세상의 모든 사람이 우리를 버릴 수 있지만 부모는 우리를 버릴 수 없어요. 세상 어디에도 갈 곳이 없을 때도 엄마 집에는 갈 수 있어요.

엄마가 잘못했어요. 나빠서 잘못한 게 아니라 아파서, 잘 몰라서 잘못했어요. 지금 몸도 마음도 아파요. 엄마가 고통을 받고 있어요. 이제 나이도 들고 자신의 고집으로 힘들어해요. 너무나 안됐어요. 자식에게 잘 못해서 자식의 미움을 받는 고통을 부인하고 안 느끼려고 해요. 마음이 너무 아파서, 아픔을 인정하지 못해서, 여전히 습관적으로 자식을 잘못 대하고 있어요.

화를 내세요. 엄마 잘못했다고 소리 지르세요. 하지만 엄마 탓이 아니라고 인정하세요. 엄마가 자라 온 배경과 고달픈 인생을 탓하세요. 용서해 주세요. 마음을 열고 엄마의 고통을 생생하게 느껴 보세요. 평생 먹이고 재우고 살려 준 은혜를 잊지 마세요. 어둠과 아픔 속에 있는 엄마를 아껴 주세요.

지금 아니면 언제 하겠어요?

원치 않는 상황이 닥쳤을 때가 부처님의 가르침을 실천할 수 있는 가장 훌륭한 기회입니다. 배신을 당할 때가 아집을 내려놓을 수 있고 인욕바라밀 수행을 할 수 있고 용서를 배울 수 있습니다.

모든 고통을 만드는 나만 생각하는 습관도 볼 수 있고 마음을 엄청 많이 닦을 수 있습니다. 하지만 마음을 볼 줄 모르고 아집을 꽉 붙잡아서 남을 탓하고 갈등을 키웁니다. 아집을 내려놓는 것과 견주면 삼천배는 아무것도 아닙니다.

다른 사람과 갈등이 있을 때 가장 중요한 것은 갈등을 키우는 말과 생각과 행동을 자제하는 것입니다. 상대방을 나쁜 사람으로 만들면 우리가 힘듭니다. 당장 용서를 못 하더라도 말과 생각을 조심해야 합니다.

감정이 일어날 때마다 깨어있음으로 향하고 아집이 지나가게 내버려 두십시오. 이렇게 반복하면 미움이 약해집니다. 나쁜 말은 절대 자제하시고요. 기회 있을 때마다 상대방에게 좋은 마음을 조금씩 가져 보고요. 다른 사람에게 안 좋은 마음을 가지는 것이 얼마나 해로운지 인지만 해도 큰 도움이 됩니다. 나만 생각하는 아집을 원수로 알아보는 것이 높은 수행입니다. 인지와 해탈은 동시에 일어납니다.

다른 사람에 대해 좋은 마음을 갖거나 싫은 마음을 갖거나 둘 다 우리를 속이는 지각일 뿐입니다. 좋아하면 그 사람에게 좋은 성품이 있는 것처럼 보이고 싫어하면 나쁜 성품이 있는 것처럼 보입니다. 둘 다 우리 마음일 뿐입니다. 좋을 때는 집착을 키우지 말고 싫을 때는 미움을 키우지 말아야 합니다.

집착은 아주 나쁘지는 않지만, 미움은 정말 안 좋습니다. 남을 배척하고 싫어하는 것이 행복의 가장 큰 장애입니다. 미움을 해결하지 못하면 자신의 마음을 썩게 합니다. 잠시 덮어 놓더라도 우리 마음에 독으로 남습니다. 미움은 나중에 암으로도 나타날 수 있습니다.

에고에게 안 좋은 것이 우리에게 좋은 것입니다. 상대방 때문에 힘든 것이 아닙니다. 아집 때문입니다. 스승님들도 주지 못하는 이런 훌륭한 기회가 있다면 꼭 수행으로 삼아 보세요. 불편했던 사람을 용서하고 좋은 마음을 다시 가질 수 있다면 무엇보다 큰 공부가 됩니다. 감정이 일어나게 한 그분에게 진정으로 감사한 마음도 일어납니다. 언제 용서를 배울 수 있을까요? 언제 인욕수행을 할 수 있을까요? 언제 자비심을 기를 수 있을까요? 지금 아니면 언제 하겠어요?

생각을 쉬세요, 마음을 쉬세요

우리는 어떻게 수행을 해야 할까요? 이 수행, 저 수행 다 해 봤지만 나아지는 게 없어 답답합니까? 무엇을 의지하고 무엇을 길러야 할까요? 언제 어디서나 의지할 수 있고 길러야 할 것이 있습니다. 알아차림입니다.

Awareness 알아차림은 우리의 본성이며 변화와 진보의 원인입니다. 무한한 자비와 지혜와 힘의 관문입니다. 남을 이해하는 자비, 실상을 통찰하는 지혜, 생명의 원기가 알아차림에 있습니다.

우리가 쉴 수 있는 참된 귀의처입니다. 언제 어디서나 무슨 수행을 해야 합니까? 언제 어디서나 무엇을 의지할 수 있습니까? 알아차림입니다.

마음이 아프고 답답하고 화가 날 때 의지할 수 있는 유일한 벗이 알아차림입니다. 실망시키지 않는 틀림없는 의지처입니다.

생각을 놓는 순간, 힘을 빼는 순간 알아차림이 있습니다. 여기에 쉼이 있고 답이 있습니다.

다만 알아차림을 의지하는 데 익숙해져야 합니다. 생각만 의지하는 마음을 생각 없는 알아차림에 의지하는 마음으로 바꿔야 합니다.

행복도 불행도 알아차림 속으로 쉬는 겁니다. 행복 속으로 쉬면, 불행 속으로 쉬면, 감정 속으로 쉬면, 기쁨 속으로 쉬면, 번뇌 속으로 쉬면 알아차림이 있습니다. 진정한 수행을 하고 싶으세요? 더 친절하고 더 부드럽고 더 유연하고 더 지혜로운 존재로 거듭나고 싶으세요? 의미 있고 평화로운 인생을 갖고 싶으세요?

생각 없는 알아차림을 기르세요!
생사를 초월한 알아차림 속으로 늘 쉬세요.
언제나 생각을 알아차림 속으로 녹이세요.
알아차림을 결정하십시오.

언제 어디서나 알아차림을 믿고 내맡기세요. 수행은 이렇게 유지하는 것입니다. 늘 알아차림 속으로 마음을 쉬세요. 마음을 어떻게 쉽니까? 몸을 쉬듯이 릴렉스 하면 됩니다. 아집을 내려놓는 순간, 에고를 버리는 순간, 생각을 쉬는 순간, 평화와 복이 있는 알아차림이 있습니다.

여러 가지 수행으로 왜 마음을 복잡하게 합니까? 모든 수행은 알아차림 안에 있습니다. 알아차림을 찾으세요. 알아차림을 고집하세요. 생각을 놓으세요. 마음을 쉬세요. 알아차림은 모든 것을 녹이고 모든 것을 해결합니다. 생각 속에 살지 말고 알아차림 속에 사세요.

안 하면 끝입니다

정진하는 데 가장 큰 장애 가운데 하나가 사람을 만나는 겁니다. 사람을 만나면 에너지와 시간을 허비하고 말로 업을 짓습니다. 그래도 우리는 출리심(세속적인 집착에서 자유로움)이 약해서 사람들을 적당히 만나야 합니다. 수행이 깊어질수록 사람 만나는 것이 무의미하게 느껴지고 시간 낭비 같을 거예요. 쓸데없이 여기저기 돌아다니고 하루하루 바쁘게 움직이며 보내지만 어떤 일도 크게 의미는 없습니다. 바쁘게 지낸다고 해서 의미 있게 지내는 것이 아닙니다. 무의미한 활동은 끝이 없다고 합니다. 안 하면 끝입니다.

법정 스님은 평생 조용히 토굴에 계셨는데도 수많은 중생들을 구제하셨습니다. 사회를 돕는 일을 하지 말라는 말은 아닙니다. 하지만 자신의 수행을 우선으로 삼고 스스로 행복을 이루면 남의 행복도 저절로 이루게 됩니다.

자신도 행복하지 못한데 남을 행복하게 한다는 것은 중심을 잘못 둔 것입니다. 중생에게 가장 큰 도움이 되는 것은 자신의 수행입니다. 한 사람이 해탈하면 수많은 중생들을 동시에 구제할 수 있습니다.

본마음으로 사는 것

티베트불교 수행은 언젠가는 부처님이 되는 것이 아니라 이미 부처라는 것을 인지하는 것입니다. 결과(성불)부터 시작한다고 해서 결과불교Resultant Vehicle라고 합니다. 부족함이 없는, 이미 깨달은 불성(본마음)을 알아보는 것입니다. 내가 이미 부처라는 자신감을 기르는 겁니다.

우리는 부족한 게 많고 할 수 있는 것이 없는 중생이라고 믿습니다. 이제는 할 수 없는 것이 없고 제한이 없는 완벽한 부처라는 확신을 길러야 합니다. 세뇌가 필요합니다. 티베트 명상은 본마음(청정본심)이 어떻게 생겼는지, 어떻게 기를 수 있는지 자세하게 일깨워 줍니다. 좋은 것을 바라지 않고 싫은 것을 두려워하지 않고 본마음에 쉬는 것이 깨달음으로 가는 지름길입니다.

우리가 이미 완벽하고 신성한 존재라는 것을 모르기 때문에 좋은 것을 갈망하고 안 좋은 것을 거부하고 두려워합니다. 진정한 행복을 코앞에 두고 밖에서 찾고 있습니다. 좋고 나쁘고 하는 밀당의 습관(분별심)이 내면의 부처님을 가리고 있습니다. 이미 평화롭고 조건 없이 행복하고 무한하게 자비롭고 지혜로운 우리의 실체를 가리고 있습니다.

언젠가는 행복하고 깨닫는 것이 아니라 지금 이미 행복하고 부족함이 없다는 자신감으로 시공을 초월하고 파괴할 수 없는 본마음에 쉬는 것이 완벽하고 조건 없는 행복으로 가는 지름길입니다. 내면의 모든 좋은 성품을 저절로 갖게 하는 금강도金剛道, Diamond Path입니다. 수행은 더 나아지는 것이 아니라 더 나아질 필요가 없다는 것을 알게 되는 것입니다. 더 이상 찾지 마세요. 그냥 마음을 쉬세요. 지족과 자신감으로 순간순간 마음을 놓으세요.

선과 악을 구별하지 않고 밀당 없는 자신감으로 마음을 놓는 것입니다. 항상 생각을 본마음 속으로 놓는 것입니다. 기쁨도 슬픔도 신심도 번뇌도 구별 없이 본마음에 녹이는 것입니다. 본마음의 원리를 모르면 어려움을 잘 넘기지 못합니다.

본마음으로 걷고 말하고 밥 먹고 사는 것입니다. 본마음에 대한 확신을 갖기 위해서 좌선을 해야 합니다. 좌선할 때나 일상생활에서 본마음(순수자각)의 흐름을 놓치지 않는 것이 수행의 요점입니다. 절대 잊지 마세요. 본마음이 전부라는 것을 자꾸 잊어버립니다. 본마음을 유지하는 것이 주요 수행이라면 본마음을 일깨워 주는 자비수행을 함께해야 합니다. 자비심과 깨우친 스승에 대한 신심이 본마음을 드러나게 합니다.

명상은 지켜보는 것

감정을 처리하는 법은 아주 간단합니다. 감정이 저절로 굴러가고 있을 때 감정을 보면 브레이크를 밟는 것과 같습니다. 감정의 대상을 보지 않고 감정을 보면 감정이 저절로 풀립니다. 스스로 해결됩니다. 밖으로 향한 시선을 안으로 돌리는 것입니다. 그리고 감정 속으로 쉬세요.

감정을 받아들일 수 있는 용기, 감정을 생생하게 느낄 수 있는 용기가 필요한 전부입니다. 너무나 간단하지만 익숙하지 않아서 잘 못합니다. 생각을 너무 많이 해서 바보처럼 감정에 힘을 실어 줍니다.

명상은 생각과 감정이 저절로 풀리게 담담하게 지켜보는 것입니다. 그러면 끝납니다. 다른 것을 할 필요가 없어요. 감정이 스스로 해탈했어요. 어렵게 살 이유가 있습니까? 마음을 복잡하게 할 이유가 있습니까? 생각을 쉬세요. 마음을 놓으세요. 저절로 가라앉게 내버려 두세요.

스님들을 위한 조언

- 자신을 너무 심각하게 생각하지 마세요. 스님상이 없는 스님이 좋은 스님입니다. 조롱의 대상이 될 수 있는, 자신의 허물에 웃을 수 있는 하심을 길러 보세요.
- 있는지 없는지 모를 정도로 조용한 스님이 감동입니다. 자기 현존감이 너무 강한 사람은 남들에게 부담을 줍니다. 그래서 신도들이 스님들을 어려워합니다.
- 가능한 남을 시키지 마세요. 작은 일부터 큰일까지 내가 하겠다고 마음먹고 좋은 모범이 되세요.
- 잔소리 NO! 다 큰 어른들에게 잔소리할 필요 없어요. 스스로 실수하고 스스로 잘할 수 있도록 내버려 두세요. 알아서 잘할 겁니다.
- 스님이 신도보다 더 낫다는 개념을 버리고 똑같은 인간이라는 평등심을 키우세요. 신도와 다르다는 개념보다는 신도와 같다는 개념이 훨씬 더 도움이 됩니다. 인간은 정말 똑같아요.
- 대우를 기대하지 않는 스님이 진정한 대우를 받습니다. 기대가 없고 겸손한 스님이 진정한 대우와 존경을 받습니다. 보시를 기대하지 마세요. 절 받는 것을 기대하지

마세요. 보시와 공경과 대우는 스님을 버리는 독으로 생각해야 합니다. 바랄 것이 아니라 거부하고 두려워해야 할 것입니다.

- 무엇을 해 달라고 무엇을 사 달라고 보시하라고 시키면 안 됩니다. 차라리 굶는 게 낫죠. 보시는 빚입니다. 강제로 받은 보시는 도둑질입니다. 율장에 탐심이 일어나면 보시를 거절해야 된다고 나옵니다.

- 가르치는 것보다 배우도록 하세요. 법문하는 것보다 법문을 지니면 훌륭한 가르침이 됩니다. 경전에서 보면 법문을 세 번 요청하기 전에는 법문하지 말라고 합니다. 신도들 피곤하게 하지 마세요. 법을 자기 것으로 만들기 전에 남에게 주면 남들에게 도움이 되더라도 자신에게 남는 것이 없어요.

- 신도님들을 존경하세요. 존경을 바라면서 신도들을 존경하지 않는 것은 말이 안 됩니다. 신도들이 우리를 먹여 살리는 주인입니다. 신도들 덕으로 편안하고 행복합니다. 그리고 누가 큰 보시를 할지 모르니 다 잘 모셔야 합니다(^^).

- 야단치지 마세요. 신도들이 야단맞으러 절에 가는 게 아닙니다. 야단치고 싶을 때 아집을 내려놓는 기회로 삼으세요. 남을 통제하려고 하는 마음, 모든 기대, 다 내려놓으세요. 스님이 공부가 되면 신도들도 공부가 됩니다. 절 중에 가장 좋은 절은 친절입니다.

- 가장 낮은 자리에서 가장 마지막으로 먹고 가장 안 좋은 것을 먹고 일을 제일 많이 하는 종이 되세요. 대중을 모시는 종이 되면 참된 귀의처가 됩니다.

- 올바른 원을 세우세요. 스님의 유일한 원력은 자신의 마음을 다스리는 것입니다. 신도를 교화하는 게 아닙니다. 자신의 마음을 닦으면, 내면의 행복을 이루면 남들에게 행복을 나누어 줄 수 있고 저절로 포교할 수 있습니다. 원력은 수행력(법력)의 자연스러운 표현입니다. 신도 교육을 하지 말라는 말은 아닙니다. 자신의 마음공부를 우선순위 1위로 삼고 밤낮으로 번뇌를 버리고 깨어있음과 선한 마음을 기르는 것을 가장 중요하게 여기자는 겁니다. 포교 활동이나 사회 활동을 우선으로 하면 10년이 지나도 20년이 지나도 행복하지 못합니다. 마음 닦는 것을 우선순위로 삼으면 10년 지나고 20년 지나면 큰 변화와 행복을 이루게 됩니다.

- 청정 비구와 비구니는 참된 귀의처이며 법의 상징입니다. 하지만 스님다운 스님이 거의 없습니다. 거룩한 스님들께 귀의한다고 합니다. 하지만 거룩한 스님들이 어디 있습니까? 자신이 귀의처라고 착각하지 마세요. 아집을 버리고 부드럽고 겸허한 인간이 되는 것이 스님이 할 일이라고 생각합니다.

저는 스님들께 감히 조언을 올릴 자격이 하나도 없습니다. 누구보다도 못하고 있지만 스님 처지를 알기 때문에 조심스럽게 올려 봅니다. 위에 조언은 정말 못난 남자, 저에게 하는 말입니다. 노력하겠습니다.

나를 힘들게 하는 사람

마음이 일어나게 하는 어려운 사람들을 멀리하지 말고 가까이 하세요. 자신의 허물을 보게 합니다. 인내심이 없고 마음이 넓지 못하고 자비심이 부족한 것을 알게 합니다. 인내심을 기를 수 있는 마음을, 내려놓을 수 있는 자비를 배울 수 있는 황금 기회를 줍니다.

친지들과 스승도 못 하는 중요한 역할을 하는 분들입니다. 선한 마음을 기르게 도와주고 더 좋은 사람이 되게 합니다. 가까운 이들에게 잘해 주는 것은 누구나 잘합니다. 해를 주는 사람에게 잘해 주는 것이 고귀합니다.

태도만 바꾸면 같이 있는 것이 힘들지 않고 연금술을 경험할 수 있습니다. 시커먼 마음이 황금으로 변합니다. 쓴 약처럼 우리를 치유합니다. 여의주처럼 소원을 이루게 하며 기도의 응답처럼 참된 행복의 원인입니다.

저를 힘들게 하는 모든 분께 머리 숙여 두 손 모아 깊은 존경을 표합니다.

행복도 습관입니다

여태까지 못한 것을 궁리하는 것보다 지금부터 할 수 있는 것을 생각하세요. 과거 일에 잠겨 있는 것은 우리를 우울하게 하는 쓸모없는 습관입니다. 바로 이런 유해한 습관을 닦는 것이 수행입니다.

생각을 내려놓는 것이 수행입니다. 개념을 버리는 것이 수행입니다. 제한을 주는, 마음을 우울하게 하는, 불만불평, 걱정근심, 바람과 두려움의 모든 개념을 내려놓는 것입니다. 마음에서 저절로 일어나는 모든 생각을 내려놓고 내려놓고 또 내려놓는 것이 명상입니다.

그리고 감사와 만족과 선한 마음을 기르세요. 수행은 불행의 심리를 내려놓고 행복의 심리를 기르는 것입니다. 지금의 불평불만 고통이 우리의 습관이라고 할 수 있습니다. 만족, 감사, 기쁨, 행복도 습관으로 만들 수 있습니다.

부모님들을 위한 조언 1

- 행복을 바르게 정의하세요. 좋은 대학교 나와서 결혼하고 아이 낳고 돈을 많이 벌어서 행복한 것이 아닙니다. 좋은 인간관계와 의미 있는 삶이 행복입니다. 감사와 배려와 용서와 겸손을 심어 주세요. 미덕이 행복의 원인입니다.

- 부모의 생각대로 아이를 이끌지 말고 아이가 가슴을 따를 수 있도록 지지해 주세요. 앞에서 이끄는 것보다 뒤에서 받쳐 주세요.

- 아이의 착한 행동을 격려하고 못된 행동을 경계해야 합니다. 못된 행동은 내버려 두고 착한 행동은 하지 말라고 하는 경우가 많습니다. 선과 악을 분명히 알고 말과 모범으로 가르쳐 줘야 합니다. 정말 중요한 부모의 도리입니다. 못된 아이는 내버려 두고 착한 아이를 격려하고 키워 보세요. 어떤 아이를 키우느냐에 따라서 그런 아이가 됩니다.

- 처음에는 보살펴 주고 중간에는 내버려 두고 끝에는 받아들이는 것이 부모의 화두입니다. 부모의 화두는 사랑으로 내버려 두는 것입니다. 무관심과 욕심 사이에서 중

도를 지키세요. 마음으로 기도하고 말과 행동은 자제하세요. 마음이 아픈 이유는 집착 때문입니다. '내' 자식이라서 그런 것입니다. 집착을 내려놓을 수 있다면 부모도 자녀도 치유가 됩니다. 집착이 일어날 때마다 아이를 보지 말고 마음을 내려놓는 연습을 해 보세요.

• 마음이 여린 것이 꼭 좋은 것이 아닙니다. 때로는 자비가 더 엄격하고 때로는 지혜가 더 냉정합니다. 아이의 단기적인 혜택보다는 장기적인 혜택이 더 중요합니다. 인격을 버리게 하는 행동은 자제해야 합니다. 아이의 미움을 받을 수 있는 인내와 사랑의 힘이 필요합니다.

• 잘못은 봐주세요. 아이도 모르는 게 아닙니다. 때로는 모르는 척하는 것이 자비의 표현입니다. 스스로 고치게 내버려 두면 아이가 고마우면서도 부끄러워서 행동을 고칩니다. 허물을 스스로 깨우치게 이끌어 주는 것이 지혜로운 부모입니다. 비난을 해야 한다면 아이를 비난하지 말고 잘못을 비난하세요. 끝없이 말하지 말고 간단명료하게 말하고 넘어가세요.

• 처음에는 세상에 둘도 없이 사랑스러운 아이가 부모의 마음을 상하게 합니다. 자식이 주는 기쁨은 비할 데 없이 좋지만 자식이 주는 고통도 비할 데 없이 아픕니다. 좋은 것도 안 좋은 것도 똑같이 받아들을 수 있는 평정심이 필요합니다.

이와 같은 조언은 하늘을 바라는 것과 같다고 할 수 있습니다. 자식에 대한 집착을 내려놓는 것은 불가능하다고 할 수 있습니다. 다 내려놓을 필요는 없고 2%만 줄이세요. 방향만 조금 바꾸면 됩니다.

　편안하게 혼자 사는 영원한 총각이 어찌 부모의 마음을 알 수 있겠어요? 그래도 부모 욕심 때문에 자신과 자식들에게 불필요한 고통을 만드는 것을 많이 봐서 조심스럽게 올려 봅니다.

부모님들을 위한 조언 2

- 예쁘다, 잘생겼다는 말보다 착하다는 말이 도움이 됩니다. 재능이 아니라 성품을 격려하세요. 특성보다 인품에 초점을 두세요. 운동을 잘하면 '빨리 뛸 수 있네'보다는 '참 열심히 하네'가 도움이 됩니다. 똑똑하다는 말보다는 생각이 깊다는 말이, 공부 잘한다는 것보다 공부 열심히 한다는 말이 도움이 됩니다.
- '앞으로 더 열심히 하라'보다는 '지금까지 참 잘했네' 충분히 인정하고 칭찬해 주세요. 아직 이루지 못한 성과보다 이미 잘한 성과를 칭찬하면 그만큼 노력하게 됩니다.
- 아이가 다른 사람과 갈등이 있을 때 상황을 객관적으로 볼 줄 알아야 합니다. 무조건 아이 편을 드는 것이 아니라 남을 배려할 줄 알아야 합니다. 자신의 아이가 손해를 보더라도 남에게 피해를 주지 마세요. 타인을 먼저 생각하는 것이 사회적 이치입니다. 아이가 좀 삐치더라도 큰 교훈을 얻습니다. 부모의 지혜를 존경하게 됩니다. 모든 처지를 헤아릴 수 있는 품이 넓은 부모가 되세요. 내 아이만 생각해서 다른 사람을 야단치는 부모는 정말 보기 흉합니다.

- 내 아이가 소중한 만큼 아이의 친구들을 소중하게 대해 주세요. 비교하거나 무시하지 마세요. 혼자서는 성장할 수 없습니다. 서로 지지하며 평생의 친구가 되도록 남의 아이를 평등하게 대해 주세요.

- 아이의 행복과 건강을 위해서 기도하는 것은 좋지만 대학교 들어가게, 사업 성공하게, 결혼할 수 있게 기도하는 것은 옳지 않습니다. 출세가 행복이 아니기 때문입니다. 참된 마음의 행복을 찾을 수 있게 기도하세요.

- 잔소리하는 것보다 들어 주는 것을 연습하세요. 무엇을 해 주는 것보다 옆에 있기만 해도 아이에게 큰 도움이 됩니다. 부담을 주지 않는 벗이 되세요. 지친 우리 아이에게 가장 필요한 것은 판단 없이 들어 주는 귀, 언제든지 기댈 수 있는 어깨, 몸과 마음을 쉴 수 있는 쉼터입니다. 이런 의지처가 되어 주세요.

- 아이의 개성과 창의성을 존중하고 아끼세요. 우리나라는 individuality and creativity를 너무 많이 억압합니다. 모든 사람은 독특합니다. 독특하게끔 허용하세요. Uniqueness 가 좋은 것입니다. 다른 사람 말을 무조건 따르지 않고 스스로 생각하고 창의성을 기를 수 있게 격려하세요. 우리나라가 자유국가라고 하지만 생각조차도 자유롭지 못합니다. 아이들이 자유롭게 생각하게 하면 마음이 열립니다.

- 부모의 기대로, 부모의 욕심으로 아이에게 부담을 주고

해를 끼칩니다. 우리 부모님들의 욕심으로 우리가 고통을 받은 것처럼 우리도 똑같이 아이에게 고통을 전합니다. 고통의 전통이 이어지지 않도록 욕심을 버려야 합니다. 우리부터 행복의 전통을 만들어 가면 좋겠어요.

- 아이는 말을 듣지 않고 행동을 따라 합니다. 부모가 착하면 아이도 착합니다. 부모가 거짓말을 하면 아이도 거짓말을 합니다. 부모의 책임은 윤리적인 삶입니다. 자식의 교육은 부모의 행동에 달려 있습니다.

- 스스로를 잘 보살피세요. 부모의 마음과 몸이 건강해야지 아이도 건강합니다. 부모의 마음이 치유가 되면 자식의 마음도 치유가 됩니다. 특히 마음공부를 통하여 진정한 행복을 이루세요. 아이에게 줄 수 있는 가장 큰 선물은 자신의 행복입니다.

사람들이 아이 없는 스님이 어떻게 부모 처지를 잘 아느냐고 물어봅니다. 정말 말을 안 듣는 못된 큰 아이를 하나 키우고 있기 때문입니다. 방 청소 안 하고 공부해야 될 때 영화 보고 있습니다. 이 아이 때문에 참 힘듭니다. 우리 용수 어떻게 하면 좋죠? 갓바위 가서 철야기도 해야겠습니다.

행복하게, 친절하게

행복의 비결 가운데 하나가 행복한 척을 하는 겁니다. 부정적인 마음에 일체 신경 쓰지 마세요. 그냥 내버려 두고 평소처럼 행동하고 미소를 지으세요. 가짜 미소도 괜찮습니다. 가짜가 진짜가 됩니다. 조금만 노력해서 행복하게 친절하게 행하세요. 우리 모두는 삶이라는 환영의 연극배우입니다. 해피엔딩으로 가는 게 좋지 않을까요?

아는 척은 안 좋지만 친절한 척, 행복한 척은 그렇게 나쁘지 않아요. 척이라도 하면 작은 행복과 친절이 스며 나옵니다. 척을 해서 진정한 행복과 순수한 마음을 갖게 됩니다. 어떤 것도 연습을 하면 잘하게 되잖아요(척박사 NO! 척수행자 YES!).

삶이 수행

수행은 목적지에 도달하는 것보다 목적지로 가는 것입니다. 무엇을 이루는 것보다 삶을 사는 것입니다. 얼마나 가야 하는지가 중요하지 않고 잘 가는 것이 중요합니다. 사실은 잘 가는 것이 참된 목적입니다.

가는 길이 목표입니다. 좌선과 기도를 잘하기 위해서 수행을 하는 것이 아니라 삶을 잘 살기 위해서 좌선과 기도를 하는 것입니다. 삶이 수행입니다. 안 좋은 상황을 얼마나 잘 다룰 수 있는지가 수행의 참된 표현입니다.

사랑만 바라는

욕을 먹어도 가만히 있고
배신을 당해도 여전히 충실하고
야단맞아도 겸손하게 있고
무시를 당해도 상관하지 않고
해를 입어도 화를 내지 않고
억울함을 당해도 복수를 구하지 않고
모든 상황에 만족하고 사랑만 바라는
이런 존재는 강아지라고 합니다.

잭 콘필드의 글을 읽고 비슷하게 써 봤습니다.

괴로운 감정을 다루는 비결

- 감정을 싫어하지 마세요. 감정을 힘들어하는 가장 큰 이 유는 감정을 싫어하고 두려워하기 때문입니다. 감정을 대하는 태도만 바꾸면 힘들지 않습니다. 감정이 일어날 때가 습관을 닦을 수 있는 가장 좋은 기회입니다. 좋은 일입니다! 슬픔을 환영하고 분노를 받아들이고 두려움에 미소 짓고 불안을 반기세요.

- 감정이 일어날 때 정신을 바짝 차려 보세요. 몸에 위험이 닥칠 때처럼 조심스럽게 긴장하며 깨어있는 것입니다. 정신적인 위험이 왔는데도 아무것도 하지 않고 외면하는 경우가 많습니다. 좋지 않은 감정이 마음에 자리 잡게 내 버려 두면 습관이 되어서 꽤 오랫동안 힘들 수 있습니다.

- 감정과 함께 찾아오는 생각을 중요하게 여기지 않는 것 이 아주 중요합니다. 저절로 일어났듯이 저절로 사라지 게 두는 것이 최선입니다. 밖을 보지 말고 안을 보세요. 감정이 지나가게 하세요. 무상함을 받아들이는 것입니다. 생각을 붙이기 시작하면 마음이 더 복잡해지고 감정 에 힘이 생깁니다.

- 감정을 통과시키는 것이 평범합니다. 특별한 경험이 아

닙니다. 최선을 다해서 최대한 깔끔하게 감정을 흘려보내는 것이 요점입니다. 굉장함 없이 굉장한 것입니다.

• 감정이 지나간 뒤에 지혜롭고 자비롭게 정리하세요. 용서하고 순수한 마음을 보내세요. 아집을 버리고 선한 마음을 갖겠다고 다짐하면 습관이 약해집니다.

모든 것이 때가 있습니다

농부들은 열심히 일해서 때가 되면 수확합니다. 세속 일의 허망함을 알고 수행할 여유와 기회가 있다면 열심히 수행해서 과실을 거두어들일 때도 있어야 합니다. 이생에서 수행을 해야 합니다. 세속에서 추구하는 모든 것들은 결국 슬픔과 실망만 갖게 합니다. 지나가고 말 것이기 때문입니다. 세상을 떠날 때 재산과 친지와 이 몸하고도 영원히 이별할 것입니다. 어젯밤의 꿈처럼 남는 것이 없습니다. 가져갈 것은 마음공부뿐인데 아쉽게도 제대로 하지 못했습니다. 오늘은 안 죽지만 언젠가는 수행할 수 있겠지, 이렇게 스스로를 속입니다.

돈 벌어서 보시하고
조건이 좋을 때 수행하고
시간이 있다고 생각하는 것이
무엇보다도 큰 착각입니다.
때맞춰 수확을 안 하면 과실을 얻지 못하듯이
수행할 기회가 있을 때
이생에도 수행을 못 하면
언제 수행하겠습니까.

오늘 아니면 언제요?

이생 아니면 언제요?

자신을 속이지 마세요.

수행할 때는 지금이며

선업을 쌓을 기회는 오늘이고

깨달을 수 있는 때는 이생입니다.

조건 없는 행복

세상의 모든 좋은 것은 안 좋은 것으로 변합니다. 참 안타깝지만 사실입니다. 큰돈이 생기면 처음에는 너무 좋지만 돈이 주는 온갖 고통을 감당할 수 없습니다. 돈이 많을수록 더 만족할 것 같지만 돈 욕심이 더 커지고 집착 때문에 잘 살지도 잘 죽지도 못합니다. 돈이 없다면 정말 다행입니다.

연애를 하면 처음에는 그렇게 좋을 수 없지만 그렇게 좋을 수 없는 사람이 그렇게 싫을 수 없는 사람이 될 수 있습니다. 연애의 달콤함에는 갈망의 괴로움과 질투의 괴로움과 이별의 괴로움이 그림자처럼 따라옵니다. 연인이 없다면 정말 다행입니다.

아이를 키우면 처음에는 그렇게 좋을 수 없지만 결국 부모를 속상하게 하고 등을 돌립니다. 자식들이 없으면 정말 다행입니다.

유명해지면 생전 경험하지 못한 관심과 사랑으로 날아갈 것처럼 좋지만 그렇게 좋을 수 없는 주목이 그렇게 싫을 수 없는 주목으로 변합니다. 새장에 갇힌 새처럼 자유가 없고 원치 않는 시선을 받게 됩니다. 익명이 주는 자유가 있다면 정말 다행입니다.

이처럼 세상의 모든 것이 우리를 속이고 결국 배신합니다. 돈과 연애와 명성의 무상함을 모르고 집착하기 때문입니다. 무상함을 알고 집착이 없으면 돈도 연애도 명성도 아무것도 문제가 되지 않습니다. 돈이 있어도 없어도, 인정을 받아도 안 받아도, 연인이 있어도 없어도 되는 조건 없는 내면의 행복을 이루면 삶이 주는 무상의 고통을 감당할 수 있습니다.

다른 사람을 행복하게 하는 것

제멋대로 행하는 사람은 외롭습니다. 같이 있는 분들과 한 몸, 한마음으로 같이 움직이는 것이 중요합니다. 우리는 모두 다른 사람이 필요합니다. 다른 사람에 의해서 행복하다는 연기 緣起를 알아차리는 것이 중요합니다. 다른 사람을 존중하고 아끼는 사람은 연기를 아는 지혜로운 사람입니다. 연기의 표현은 사랑입니다.

다른 사람에게 피해를 주면 우리가 해를 입습니다. 한 사람을 버리면 마음에 구멍 하나가 생기고 두 사람을 버리면 구멍 두 개가 생깁니다. 마음에 구멍이 많아서 외로운 것입니다.

우리가 원하는 것을 가질 수 있는 가장 좋은 방법은 다른 사람을 행복하게 하는 것입니다. 한 사람을 도우면 우리가 배로 도움을 받습니다. 혼자 잘 먹고, 잘 살 수 없습니다. 다른 사람 덕분에 잘 먹고, 잘 살고 행복합니다. 모든 사람이 우리에게 필요하고 중요합니다.

같이 살면서 혼자 있다고 생각하는 것은 연기를 인정하지 못하는 것입니다. 다른 사람을 생각하고 배려하지 않으면 행복할 수 없습니다. 다른 사람을 생각하는 것이 자신을 생각하는 것입니다. 다른 사람을 행복하게 하면 자신의 행복은 저절로 해결됩니다. 남을 이롭게 하면 자신의 혜택은 덤으로 받습니다. 1+1 대박입니다.

나만 생각하는 마음이 모든 고통을 만들고
남을 생각하는 마음이 모든 행복을 만든다.

- 입보리행론

무엇을 하지 마세요

명상은 힘듭니다.

명상하지 마세요.

그냥 마음을 쉬세요.

몸을 쉬듯이 릴렉스 하는 순간

현존감이 있습니다.

이 현존감이 부처님입니다.

무엇을 하는 명상은 피곤합니다.

개념을 가지고 하는 명상은 힘이 듭니다.

결국은 질리고 기운이 빠집니다.

진정한 명상은 명상하지 않는 명상입니다.

마음으로 무엇을 하지 않으면서 현존하는 것입니다.

깨달음을 구하는 것이 아니라

깨달음을 표현하는 것입니다.

마음을 쉬면 힘이 생깁니다.

생각을 쉬면 본성이 빛납니다.

이미 완벽하고 경계가 없는 마음자리가 드러납니다.

산란하다가 어느 순간 현존감이 돌아옵니다.

몽상에서 깨어납니다.

현존감이 없다가 현존감이 돌아오는 것을 지켜보십시오!

짧게 자주 경험하도록 마음을 바로잡으세요.

현존감을 지켜보겠다는 의도가 필요한 전부입니다.

더 쉽고 더 직접적이고 더 효율적인 명상을 찾지 마십시오.

조건 없는 행복으로 가는 지름길!

힘과 창의성과 직관의 원천!

자비와 지혜를 바로 경험하게 하는 명상 아닌 명상!

최고의 명상!

무엇을 하지 마세요.

무엇을 만들지 마세요.

무엇을 찾지 마세요.

마음을 쉬세요.

그저 현존하세요.

모든 것을 열린 마음으로 받아들이세요.

그저 현존하면서 먹고 기도하고 노래하고 사랑하십시오.

세속 일은 드라마와 같습니다

드라마를 볼 때는 감정이 일어나지만 끝나고 나면 자신의 일로 받아들이지 않습니다. 세속 일도 드라마 보듯이 실제가 아니라는 것을 알면서 참여해 보세요. 사람들은 세속 드라마에 매달립니다. 좋은 일이 있으면 너무 행복해하고 안 좋은 일이 있으면 분노하고 우울해합니다.

인정받으면 너무 좋아하고, 비난받으면 너무 싫어합니다. 세속 일은 드라마처럼 순식간에 변하고 일시적입니다. 일시적인 것에 마음을 쏟는 것은 어리석습니다. 지금 있는 좋은 일이든 나쁜 일이든 드라마처럼 보고 듣고 경험할 수 있지만 실재하지는 않습니다. 어젯밤 꿈속의 경험이 실제라고 착각하는 것처럼 이생의 일들이 늘 우리를 속입니다.

세속 일은 아이들의 놀이와 같다고 합니다. 어른이 볼 때는 웃기지만 아이들에게는 심각합니다. 세속 일을 하지 말라는 말은 아닙니다. 좀 가볍게 하자는 것입니다. 큰 의미가 없다는 것을 알고 자신의 일로 심각하게 받아들일 필요가 없습니다. 드라마를 볼 때처럼 말입니다. 세상을 바꿀 수 있다는, 크게 도움이 될 수 있다는, 하는 일이 매우 중요하다는, 세속 일과 수행을 함께할 수 있다는 착각을 버리고 흔들림 없는 평정심으로 세속 일을 하는 겁니다.

꿈이 꿈이라는 것을 알면 가볍게 즐길 수 있잖아요. 어리석은 사람들은 세속 일의 중요성을 과장하고 어떤 사람을 영웅으로 세우고 비슷한 사람을 나쁜 놈으로 만듭니다. 세속 일은 자신에게 남는 것이 없습니다. 결국 마음고생만 하고 몸만 버리고 지칩니다. 정진바라밀의 핵심은 의미 없는 활동을 버리는 것입니다.

요즘 세상은 불교의 참뜻을 잊고 출리심이 없습니다. 세속 일이 전부인 것처럼 매우 심각하게 삽니다. 물질세계의 꿈같은 현실을 모르고 내면의 변치 않는 본성과 멀어졌습니다. 성철 큰스님이 현재의 드라마를 보신다면 이 참담한 광경에 한심해하실 겁니다.

행함 없이 행하다

누구에게 도움이 된다고
사회에 도움이 된다고
생각하는 것이 착각이며 오만입니다.
기대와 장애를 만들고 결국 지치게 합니다.
남을 돕는 일은 하는 바 없이 주어진 인연 따라 하는 겁니다.
'나'가 들어가면 힘듭니다.
남을 돕는 일도 자신을 위한 것입니다.
다른 사람들과 사회를 크게 도울 수 없다는 것을 아는 것이
지혜입니다.
그래도 도우려고 하는 것이 자비입니다.
애씀이 들어가면, 기대가 있으면
자신의 한계를 넘으면
진정한 자비행이 아닙니다.
내려놓으세요.
그냥 하세요.
나도 없고 돕는 대상도 없고 돕는 행위도 없습니다.
보디사트바(보살)는 반야바라밀로 행함 없이 행합니다.
지혜가 있는 자비행은 지치지 않습니다.

죽을 준비를 잘해야 합니다

수행의 가장 큰 장애, 또는 행복의 가장 큰 장애는 게으름으로 시간을 낭비하는 것이라고 할 수 있습니다. 게으름을 대치하는 죽음 명상 3단계를 소개합니다.

- 분명히 죽을 것입니다. 태어나서 죽지 않는 사람이 없습니다. 예수님도 부처님도 과거의 모든 큰스승들도 다 돌아가셨습니다. 유명인이나 주변 사람들의 죽음을 생각합니다. 이생의 시간은 제한이 있으며 매일매일 수명이 짧아지고 있습니다. 얼마 남지 않은 짧은 인생을 수행으로 집착과 욕망, 질투, 분노, 원한, 오만의 습관을 버리고 자비심, 사랑, 신심, 알아차림을 길러야 합니다.
- 언제 죽을지 모릅니다. 사람마다 타고난 수명이 있습니다. 수명보다 더 오래 살기는 어렵지만 더 일찍 죽을 수는 있습니다. 생명을 지원하는 요소들은 많지 않지만 죽음의 원인은 많습니다. 우리 몸도 허약합니다. 죽음이 늘 우리 곁에 있습니다. 어리석은 우리는 이것을 모르고 시간을 죽입니다. 오늘 죽을 수 있습니다. 미루지 말고 당장 마음의 가능성을 익혀야 합니다.

• 죽을 때가 되면 재산이나 지위, 식구들과 내 몸까지 도움
  이 하나도 되지 않습니다. 유일하게 도움이 되는 것이 마
  음공부입니다. 유일하게 가져가는 것이 업, 마음의 경향
  입니다. 재산, 권력, 명예에 대한 투자는 결국 고통만 가
  져올 것입니다. 세속적인 관심 없이 마음공부에 전념해
  야 합니다.

시간이 없습니다. 죽을 준비를 잘해야 합니다. 얼마 남지 않는
인생에 마음의 경향을 최대한 좋게 바꾸고 선업을 쌓고 깨어
있어야 합니다. 죽음을 생각하지 않으면 시간을 허비해서 죽
을 때가 되면 죄인이 처벌을 기다리는 것처럼 엄청난 후회와
공포로 괴로울 것입니다.

　죽음 명상의 핵심적인 요소는 마음의 변화를 볼 수 있는 시
간이 얼마 없다는 것입니다. 시간에 제한이 있다는 것을 알면
시간이 소중해지며 절박한 마음으로 수행해서 마음이 깨어납
니다. 죽을 운명을 알아차리면 정말 살 수 있게 됩니다.

최고

최고의 지혜는 무아無我의 의미를 아는 것이고
최고의 수행은 자신의 마음을 다스리는 것이고
최고의 성품은 이타심이고
최고의 가르침은 늘 마음을 보라는 것이고
최고의 치유는 아무것도 실제로
존재하지 않다는 것을 아는 것이고
최고의 생활은 세속적이지 않은 것이고
최고의 성취는 번뇌가 점점 약해지는 것이고
최고의 수행 징후는 꾸준히 욕심이 줄어드는 것이다.

육바라밀

최고의 보시는 집착하지 않는 것이고
최고의 지계는 마음을 길들이는 것이고
최고의 인욕은 겸손한 마음이고(방하착放下着)
최고의 정진은 활동(쓸데없이 바쁘고 의미 없는 일)을 버리는
것이고
최고의 선정은 마음을 있는 그대로 두는 것이고
최고의 지혜는 어떠한 것이라도 실제로 존재하지 않다는 것
을 아는 것이다.

– 아띠샤 존자

매 순간

어떤 것도 바꿀 필요 없어요.
어떤 것도 할 필요 없어요.
그냥 쉬세요.
그냥 내려놓으세요.
내맡김
매 순간
아무것도 안 하면
모든 것을 잘하는 것입니다.
아무것도 바꾸지 않으면
세상을 바꿀 수 있습니다.
얼마나 좋아요.
아무것도 안 해도 된다는 것이
그냥 쉴 수 있다는 것이
왜 못 합니까?
너무 가까워서
너무 쉬워서
믿지 않습니다.
만 가지 해결하는 것보다

한 가지만 해결하세요.

방하착放下着

이게 다예요.

매 순간

마음을 쉬는 순간 문제가 없습니다.

내려놓는 순간 고통이 없습니다.

그저 깨어있는 순간 다 괜찮습니다.

마음을 쉬면

저절로 해결됩니다.

부족함이 없습니다.

가능성이 많습니다.

지혜와 평화가 있습니다.

알아차림을 의지하세요.

본성을 믿으세요.

마음을 편안하게 가지세요.

매 순간.

이 순간에 쉬세요

생각에 빠져 있다가
생각에 빠져 있다는 것을 아는 순간
이 순간을 인지하는 것이 명상의 비결입니다.
이 순간은 자유로운 알아차림
생각을 놓았고 다음 생각이 일어나지 않았고
중간에 공백이 있습니다.
이 공백에 머물러 보세요.
공백을 간직하거나 유지하려고 하지 마세요.
공백 속으로 마음을 쉬세요.
생각 없이 현존합니다.
현존감에 쉬세요.
산란하다가 현존하는
반가운 이 순간
본성으로 돌아온 이 순간
이 짧은 순간에 고통도 경계도 집착도 없습니다.
순수 알아차림
알아보기만 하면 됩니다.
짧게 자주

해탈로 가는 지름길

가장 자연스럽고

가장 효율적인

유기농 명상

너무 쉬워서 못 하고

너무 가까워서 못 보고

너무 평범해서 믿지 않습니다.

현재 안에 그저 존재하세요.

게으른 사람의 명상!

더 쉽고 효율적인 명상을 찾지 마세요.

마음이 헤매다가 다시 현존하는 이 순간

비밀의 이 순간! 경이로운 이 순간!

이 순간을 적극적으로 기다리세요.

이 순간을 찾으세요.

이 순간에 쉬세요.

우리의 진면목, 알아차림을 알아보세요.

짧게 자주

점차 이 순간이 길어집니다.

마음이 열리면서 내면의 붓다가 드러나기 시작합니다.

기적의 이 순간! 자유와 평화와 사랑과 지혜의 관문입니다.

늘 알아차리겠다는 마음

자비심의 원(자비심을 가지려고 하는 마음)이 자비심보다 낫습니다. 자비심은 왔다 갔다 하지만 원은 늘 마음에 간직할 수 있기 때문입니다. 어떤 경우에도 못된 마음이 자리 잡게 두지 않고 자비심을 잃지 않으려고 하는 것입니다. 때로는 까먹지만 원이 마음의 기반에 깔려 있으니 우리에게 큰 힘이 됩니다. 자비심의 원이 자비심입니다.

늘 알아차릴 수는 없지만 늘 알아차리겠다는 원은 있어야 합니다. 원이 마음 기반에 있으면 훨씬 더 많이 알아차리게 됩니다. 원을 기억하는 순간이 알아차림입니다. 원은 결과를 바라지 않고 경험을 따지지 않고 계속 노력하는 마음입니다. 자비심이 있어도 없어도, 알아차림이 있어도 없어도 그냥 시도하겠다는 마음입니다. 알아차림의 원, 자비심의 원, 늘 마음에 간직하십시오. 밍규르 린포체님께 배운 원리를 정리했습니다.

진정한 명상

내려놓는 게 기술입니다.

가장 중요한 기술입니다.

알아차림은 힘입니다.

가장 중요한 힘입니다.

알아낼 필요 없어요.

해결할 필요 없어요.

정말요!

내려놓기만 하면 됩니다.

진정한 명상은 무엇을 해결하는 것이 아니라

해결할 필요가 없다는 것을 알게 되는 것입니다.

생각을 내려놓은 마음자리

고통이 없는 마음자리

고칠 것이 없는 마음자리

늘 신선하고 새로운

고요하면서 깨어있는

마음자리, 여기에 익숙해지세요.

두 가지 선택이 있습니다.

생각을 굴리면서 업을 만들고

아니면 생각을 내려놓으면서 업을 바꾸는 것입니다.

내려놓는 기술을 연마하세요.

알아차림의 힘을 키우세요.

아름다운 회향

회향은 너무 아름답고 유용한 방편입니다. 쌓은 공덕을 모든 중생의 궁극적인 목표에 보태는 것입니다. 회향은 성불할 때까지 공덕이 날아가지 않도록 저장하는 것입니다. 반면 공덕을 약하게 하거나 사라지게 하는 네 가지 원인이 있습니다.

- 화를 낸다.
- 후회한다(보시하고 후회하듯이).
- 자랑한다('내가' 했다는 상이 생기는 것).
- 삼보를 버린다.

공덕을 쌓은 뒤에 바르게 회향하면 네 가지 허물이 생겨도 공덕이 사라지지 않습니다. 네 가지 회향법을 소개합니다.

- 가장 좋은 회향은 3륜三輪(주체, 객체, 행위)을 벗어난, 공성을 깨우친 대보살의 회향입니다. '나'가 없고 집착이 없는 회향이죠. 중생은 이런 회향을 할 수 없습니다.
- 그래서 불보살들의 순수한 회향을 본받아서 회향하면 성불할 때까지 공덕이 남아 있습니다. 불보살들 앞에서 그

들의 위신력으로 하는 것입니다.

- 나도 중생도 공덕도 실제로 존재하지 않다는 것을 아는, 공성을 알아차리면서 회향하는 것입니다. 3륜을 환영으로 삼고 회향합니다. 두 번째 회향법과 비슷하며 같이 해도 좋습니다.
- 네 번째 회향은 '내가(주체)' 중생들을 위해(객체) 회향(행위)한다는 것입니다. 이런 회향은 독이 있는 회향입니다. 집착으로 오염되기 때문이죠.

첫 번째 회향은 할 수 없기 때문에 두 번째 회향과 세 번째 회향을 하면 좋습니다. 회향은 보리심입니다. 크고 작은 공덕을 쌓을 때마다 한량없는 중생의 성불(궁극적인 행복)에 회향합니다. 불교에만 있는 독특하고 뛰어난 방편입니다. 수행이 나아가는 데 크게 도움이 됩니다.

나를 위한 내려놓음

살다 보면 억울한 일이 생깁니다. 그냥 생기지 않고 업보로 인하여 생깁니다. 지금 경험하는 고통은 전생 악업의 씨앗이 성숙해진 결과입니다. 다른 사람한테서 해를 입는 것은 해를 당할 업이 있어서 그렇습니다.

업이란 가능성을 의미합니다. 선업은 부자가 될 수 있는 가능성, 법을 배울 수 있는 가능성, 수행할 수 있는 가능성, 악업은 가난할 수 있는 가능성, 병이 날 수 있는 잠재된 가능성을 의미합니다.

전생에 지은 업의 원인이 이생에서 조건을 만나면 결과가 나타납니다. 억울함에 집착하면 고통이 배가 되고 오래갑니다. 억울함 자체가 좋지도 나쁘지도 않습니다. 업보일 뿐입니다. 업보를 인정할 수 있다면, 받아들일 수 있다면, 내려놓을 수 있다면, 상대방을 용서할 수 있다면 엄청난 업장을 소멸하고 공덕을 쌓게 됩니다.

우리는 수행으로 내려놓고 용서할 수 있지만, 상대방은 악업의 결과로 받을 업보가 엄청 심합니다. 안된 마음이 들지 않습니까? 당장 연민은 갖지 못하더라도 미움은 품지 말아야죠. 내려놓는 것은, 용서하는 것은 자신을 위한 것입니다.

모든 것이 마음입니다

바깥세상이 존재하지 않는 것이 아니라 우리가 생각하는 대로 존재하지 않습니다. 환영처럼 꿈처럼 영화처럼 소설처럼 끝나면 아무것도 없어요. 바깥에 독립적으로 변함없이 존재한다고 생각하는 것이 착각입니다.

모든 것이 마음입니다. 보이는 것도, 들리는 것도, 마음이 비추는 것일 뿐인데 바깥에 영원히 딱딱하게 존재한다고 생각을 해서 보이는 것과 들리는 것과 생각과 감정에 엉켜서 헤매고 고통을 받습니다.

언제 알게 될까요? 신성한 공성을, 한없는 자유와 기쁨을 주는 본성을 언제 보게 될까요? 견성見性하여서 모든 중생들에게 언제 보여 줄 수 있을까요? 공성인 본성을 깨닫는 진정한 수행은 인지입니다.

처음에는 알아차림(앎)을 인지하고 끝으로는 알아차리는 주체를 인지하게 됩니다. 그리고 알아차리는 주체가 전부라는 것을 알게 됩니다. 일체유심조一切唯心造, 언제 깨닫게 될까요?

둘

• • •

그냥 살고
그냥 사랑하십시오

의도를 가지고 사는 것

깨어있겠다는 의도가 있으면 깨어있음을 경험하고 의도가 없으면 거의 깨어있지 못합니다. 의도에 엄청난 힘이 있습니다. 의도가 경험을 만듭니다. 의도를 가지고 사는 것과 의도 없이 그냥 사는 것은 불을 켜는 것과 깜깜한 데 있는 것만큼이나 차이가 납니다.

의도를 마음에 간직하고 있지 않으면 하루 종일 습관적으로 생각을 굴리게 됩니다. 명상을 배워도 알아차리지 못하고 생각에 휩쓸려 삽니다. 의도는 생각하는 것에서 알아차림으로 마음의 방향을 바꿔 줍니다. 일상생활에서 알아차릴 수 있는 비결은 의도입니다. 나중에는 의도가 필요 없습니다. 알아차림이 저절로 자동으로 됩니다. 그때까지는 마음에 늘 의도를 간직하고 있어야 합니다.

자비심의 공덕

- 자비를 베풀면 복을 배로 받습니다.
- 자비심은 자신을 위한 것입니다. 행복의 결정적인 조건입니다. 자비심이 있는 만큼 행복하고 없는 만큼 불행합니다.
- 자비심을 기르면 지혜와 능력과 모든 좋은 성품이 따라옵니다. 자비심이 핵심적인 마음이기 때문입니다.
- 용서를 배우고 자비심을 기르면 병이 낫고 몸이 좋아집니다. 자비심은 면역체계를 강화하고 건강의 결정적인 조건입니다. 몸과 마음이 같이 있기 때문입니다.
- 자비심은 공성空性의 표현입니다. 공성과 연기緣起를 깊이 터득할수록 자비심도 따라서 커집니다. 연기란 자신의 행복이 다른 사람의 행복에 달려 있다는 것을 아는 것입니다. 연기와 자비심을 분리할 수 없습니다. 지혜의 표현은 자비입니다.
- 얼굴도 예뻐지고 이생을 편안하게 살 수 있습니다. 세속적인 모든 복의 원인도 자비심입니다.
- 자비심이 있으면 다른 사람들도 자비롭게 합니다. 주변 사람들의 마음이 열리고 좋게 변화합니다. 자비로운 사

람과 인연을 맺은 모든 사람들이 좋아집니다.

- 자비심이 있으면 다른 사람의 인정과 존경과 사랑을 받습니다. 어디를 가도 대우를 받습니다.
- 다른 사람들이 갈구하는 것이 우리의 자비심입니다. 돈보다 충고보다 더 필요한 것이 상대방을 이해하는 따뜻한 마음입니다.
- 자비심이 있으면 힘들지 않습니다. 얼마든지 견뎌 낼 수 있습니다. 자비심에 힘과 용기가 있기 때문입니다.
- 자비심이 생기면 돈이 하나도 없어도, 친구가 하나도 없어도 다 괜찮습니다. 인생의 자유와 평화를 누리게 하는 것이 자비심입니다.

자비심은 다른 사람의 처지를 이해하는 것입니다. 자비심은 연습이 필요합니다. 이기심은 저절로 생기지만 자비심은 노력이 필요합니다. 불행한 이유는 자기만 생각하기 때문입니다. 다른 사람의 처지를 이해하려고 하는 것이 자비심이며 참된 행복의 관문입니다.

연기의 표현
공성의 울림
모든 소원을 이루어 주는 여의주
대자대비 大慈大悲
당신께 귀의하며 절을 올립니다.

스님은 행복하세요?

저는 때로는 우울합니다. 때로는 외롭습니다. 때로는 답답합니다. 낙담할 때도 있고 화가 날 때도 있습니다. 우울하지 않은 것이 이상한 겁니다. 세상을 한번 보세요. 참 참담합니다. 부처님께서 틀린 말 하지 않으셨습니다. 사는 게 고(두카), 정말 맞는 말입니다.

부정적으로 말하는 게 아니라 사실입니다. 고를 인정하면 기대를 놓을 수 있습니다. 기대가 없으면 훨씬 더 행복합니다. 우리는 고를 부인하고 행복한 척해서 힘듭니다. 행복하게 보여야 되고 행복하지 않으면 안 된다는 강박이 있습니다. 고통을 안 느끼려고 무감각해집니다. 감각적인 즐거움에서 위로를 찾습니다. 고통의 악순환이 반복됩니다.

고는 없애는 것이 아니라 인정하는 것입니다. 행복하더라도 행복은 잠깐이며 진정한 행복은 아닙니다. 그런데 행복하지 않아도 괜찮아요. 이게 핵심입니다. 우리만 행복하지 않은 게 아니라 다 행복하지 않습니다. 좋은 소식 아닌가요? 행복하지 않은 게 정상이라는 말입니다. 고를 인정하세요. 슬픔에 기뻐하세요. 우리 다 그래요. 윤회 속에 살고 있는데 무엇을 기대하겠습니까? 고를 인정하는 것이 고에서 벗어나는 첫걸음입니다. 사람들이 저에게 자주 묻습니다.

"스님은 행복하세요?"

저는 똑똑히 답합니다.

"아니요!"

행복하지 않은 것을 받아들이는 중입니다. 행복을 많이 바라지 않고 고통을 많이 두려워하지 않는 한 평화는 있습니다.

사성제四聖諦

고苦

우리는 행복하지 못합니다.

집集

'나'에게 집착하는 고통의 마음습관 때문입니다.

멸滅

행복할 수 있습니다.

도道

행복으로 가는 길은 지혜와 자비입니다.

있는 그대로 좋습니다

여러분과 저 자신에게 하고 싶은 말이 있습니다. 여러분도 저도 있는 그대로 괜찮습니다. 저는 있는 그대로의 제 자신을 좋아합니다. 지금 이 순간 제 자신이 좋습니다. 여기까지 오는데 한참 걸렸습니다. 완벽한 사람은 아닙니다.

하지만 여러분도 저도 선천적으로 선하고 훌륭합니다. 본성이 훌륭하기 때문에 좋아할 수 있고 일시적인 허물을 봐줄수 있습니다. 본성이 안 좋으면 희망이 없습니다. 무엇을 해서, 무엇이 되어서 사랑을 받을 만하고 가치가 있는 게 아니라 살아 있는 존재라면 가치가 있습니다. 계속 노력하고 수행하고 남을 돕고 정진하겠지만 해탈할 때까지 기다리며 살고 싶지 않습니다.

제 외모도 환경도 있는 대로 만족합니다. 자신이 첫사랑과 마지막 사랑입니다. 수행의 시작과 끝이 자신입니다. 자신을 베스트 프렌드로 삼고 스승으로 삼으세요. 부처님께서도 자신을 등불로 삼으라고 하셨어요.

다시 말씀드리고 싶습니다. 여러분들도 저도 있는 그대로 좋습니다. 행복할 수 있고 이미 행복하고 행복할 것입니다! 행복할 수 있는 모든 원인과 조건은 우리 안에 있습니다. 자신을 믿으세요. 자신감이 전부입니다. 설득도 좀 필요하고요. 모든 존재는 편안하고 행복할 수 있는 권리가 있습니다.

행복하세요! 마음 편안하게 가지세요. 괜찮아질 것이고 지금도 괜찮습니다.

최고의 사랑

자녀들에게 알려 주세요. 있는 그대로 괜찮다고, 있는 그대로 좋아한다고요. 바꾸려고 하지 마세요. 바꾸려고 하면 아이는 스스로 가치가 없다고 느낍니다. 허물을 지적하지 마세요. 지적하면 열등감이 생기고 자식과 부모 사이가 멀어집니다. 허물에 대해서 생각도 말도 하지 마세요.

아이의 허물은 주로 부모에게 받은 겁니다. 부모는 자신의 허물을 알아차리지 못하면서 아이의 허물만 봅니다. 부모가 친절하면 아이가 친절하고 부모가 거짓말을 하면 아이도 거짓말을 합니다.

"이런 버릇은 누구한테 배웠어?" 하고 야단칩니다. 누구한테 배우겠어요? 지적과 잔소리 No! 부모가 좋아지면 아이도 좋아집니다. 모범으로 가르쳐 주세요. 아이가 잘되기를 바라는 마음은 사랑이고 아이를 마음대로 바꿀 수 없다고 아는 것이 지혜입니다. 부모님들은 사랑이 부족하지 않지만 표현을 잘 못합니다. 지혜가 부족합니다.

이해와 격려는 사랑이고 기대를 내려놓는 것과 기다려 보는 것은 지혜입니다. 욕심의 결과는 갖고 싶지 않은 것을 갖게 되는 것입니다. 부모의 기대로 아이가 숨을 못 쉽니다. 있는 그대로 사랑해 주세요. 이미 훌륭하다고 믿어 주세요.

모든 아이 안에 훌륭한 아이가 있습니다. 훌륭한 아이가 나오게 키워 주세요. 모든 아이 안에 못된 아이가 있습니다. 못된 아이를 지적하는 것은 도움이 되지 않습니다. 못된 아이는 내버려 두고 훌륭한 아이를 격려하세요. 있는 그대로 사랑하면 아이가 정신적으로 안정이 되고 건강합니다. 믿어 주는 게 엄청난 힘과 격려가 됩니다. 더 잘하게 되고 스스로 노력하게 됩니다. "착하다. 잘한다. 멋있다. 훌륭하다. 자랑스럽다. 단 한 번도 나를 실망시킨 적이 없다. 너의 부모가 된 것이 나의 행복이다."

연습할 대사를 드립니다. 진심을 담아서요. 부모도 때로 연기가 필요합니다. 사랑은 연습입니다. 이렇게 연습해도 처음에는 참 힘듭니다. 힘든 줄 알고 인내심을 가지며 계속 내려놓고, 계속 믿어 주세요. 결국은 관계가 좋아지고 훌륭한 아이가 됩니다. 부모도 훌륭해집니다. 아이의 가능성을 억압하는 생각과 말과 행동은 아이에게 최악의 해를 끼치는 것입니다. 아이의 가능성을 키워 주는 말과 행동은 아이에게 줄 수 있는 최고의 사랑입니다. 자주 말해 주세요.

있는 그대로 좋아.

I like you just the way you are.

그저 지켜보면

좋지 않은 감정이나 습관이 감당하기 어렵게 올라올 때가 있습니다. 힘들어지면서 온갖 개념을 만들기 시작합니다. 죄의식, 원망, 자책으로 즉효 약을 찾고 전략을 꾸미기 시작합니다. 생각을 키우는 것이 습관을 키우는 것인지 모르고 자신과의 갈등을 키웁니다. 이렇게 되면 자신을 바꾸는 게 거의 불가능해집니다.

한 가지 방법이 있습니다. 죄의식과 자책을 키우지 않고 전략을 버리고 자신을 바꾸려고 하지 않는 것입니다. 있는 그대로 받아들이는 것입니다. 감정이나 습관이 올라올 때 최대한 깔끔하게 통과시키는 것입니다. 우리 모두는 업(마음의 경향)이 있습니다. 습관이 올라올 때 그저 지켜보면, 저절로 가라앉게 내버려 두면, 지나가게 허용하면 업(습관)이 바뀝니다.

여태까지 다양한 전략을 쓰지 않았나요? 성공한 전략이 있었습니까? 다짐도 하고 약속도 하고 규칙적으로 살기도 하고, 그래도 쉽지 않았죠. 전략을 꾸미지 않는 게 가장 좋은 전략입니다. 답을 찾지 않는 게 답입니다. 자신을 개념화해서 한계 짓지 않는 게 자신을 바꾸는 방법입니다. 업을 바꾸는 유일한 길은 버림 속에 있습니다. 몰라도 되는 마음을 늘 고집하세요.

Only Don't Know.

개념 없는
경계 없는
고통 없는
깨어있는
마음자리를
항상 보호하세요.
요점은 마음이 상하지 않게
신선하고 순수한 마음을 유지하는 것입니다.

이대로 충분합니다

욕심의 결과는 갖고 싶은 것을 못 가지는 것뿐만 아니라 가장 갖고 싶지 않은 것을 갖게 합니다. 욕심은 집착입니다. 갈망이 지나친 것입니다. 꽉 잡는 것입니다. 손에 무엇을 쥐고 있으면 아무것도 받을 수 없지만 놓아 버리면 어떤 것도 받을 수 있습니다. 욕심은 좋은 상황도 망칩니다. 충만한 이에게 복이 옵니다. 우리에게 이미 복이 많습니다. 이대로 충분합니다.

"없으면 안 돼. 꼭 있어야 돼."
여기서부터 복이 도망갑니다.

"있으면 좋지만 없어도 괜찮아."
여기서부터 하늘이 열립니다.

모든 것이 괜찮습니다

수행은 보는 눈을 바꾸는 것입니다. 티베트불교 계율은 신성한 견해Sacred Outlook입니다. 순수한 지각pure perception입니다. 자신과 다른 사람과 환경을 잘못 보고 있기 때문에 좋게 보려고 할 필요가 있습니다. 다른 사람을 좋게 보면 이미 있는 사랑의 인연을 드러나게 합니다. 좋은 면을 강조하고 내면의 무한한 가능성을 격려하는 것입니다.

나쁜 사람을 좋은 사람으로 만드는 게 아니고 인간의 훌륭한 본성을 인정하는 겁니다. 모든 사람은 좋은 사람입니다. 자신도 다른 사람도 그렇게 보면 지혜롭고 자비로운 존재로 드러나게 됩니다. 다른 사람들이 우리를 좋게 보면 힘과 격려가 되고 고맙지 않습니까. 모든 사람이 우리와 똑같습니다. 다른 사람을 좋게 보면 남들도 우리를 좋게 봅니다. 사랑을 많이 받습니다.

살고 있는 환경을 좋게 보면 복이 옵니다. 만족하고 감사합니다. 자신을 좋게 보면 모든 것이 괜찮습니다. 행복합니다. 부처님은 모든 존재를 부처로 봅니다. 성인들은 모든 존재를 존중하고 다른 이의 존엄을 보호합니다. 중생은 보는 눈이 잘못되어서 중생입니다. 번뇌를 닦으면 사는 곳이 정토이며 모

든 사람이 부처님입니다. 이게 실상입니다. 실상에 맞게 생각
하고 말하고 행동하자는 겁니다. 보이는 모든 것이 실상의 현
현, 들리는 모든 소리는 진리의 메아리, 일어나는 모든 생각은
지혜의 반영입니다.

마음의 본성 가르침

고통이 무엇입니까? 분노, 스트레스, 슬픔, 우울, 불안, 두려움 같은 안 좋은 감정과 습관입니다. 안 좋은 감정은 무엇입니까? 마음에서 일어나는 생각과 감정이 엉키는 것입니다. 생각을 접하는 것이 고통을 만듭니다. 행복은 무엇입니까? 마음에서 일어나는 생각과 감정으로부터 자유로운 것입니다. 고요하고 명료한 마음입니다. 바로 청정한 본마음입니다.

청정한 마음이 조건 없는 참된 행복이며 우리의 본성입니다. 청정한 마음을 어떻게 알게 될 수 있을까요? 명상입니다. 명상은 마음에서 일어나는 현상mental events에서 벗어나는 기술입니다. 생각을 접하지 않으면 분노, 원한, 슬픔, 억울함, 불안은 살아남을 수 없습니다.

생각에 끌려가는 만큼 고통이 있는 것이고, 생각을 내려놓을 수 있는 만큼 행복과 평화가 있습니다. 생각으로부터 자유로운 것이 진정한 자유입니다. 생각은 우리 것이 아닙니다. 구름은 하늘의 일부가 아니고, 하늘에서 일어나는 현상일 뿐인 것처럼 생각과 감정은 우리의 일부가 아니고 마음에서 일어나는 현상일 뿐입니다. 늘 우리를 속이는 환영입니다.

생각은 고통을 만드는 망념입니다. 명상을 해서 생각이 가라앉으면 청정한 마음, 참된 행복, 우리의 본성만 남습니다. 청정한 마음으로 살면 세상이 아름답고 인연들이 소중하고 불안, 슬픔, 원한, 모든 고통에서 벗어나 자유롭게 살 수 있습니다.

고통이 무엇입니까? 마음에서 일어나는 현상에 매이는 것입니다. 행복은 무엇입니까? 생각에서 벗어난 청정한 본마음입니다. 올겐 쵸왕 린포체님이 말씀하신 가르침을 정리했습니다. 마음의 본성(족첸)을 아주 쉽게, 와닿게, 실천하기 쉽게 가르쳐 주셨습니다.

조용히 있어 보세요

불평불만은 에고입니다. 불평불만을 내려놓는 것이 수행입니다. 남의 행동을 따지는 것이 에고입니다. 자신의 마음을 따지는 것이 수행입니다. 마음에서 일어나는 생각을 믿고 자신이 옳고 다른 사람의 행동이 잘못됐다고 온갖 증명을 찾아냅니다. 이게 모두 에고입니다.

자신을 모른 채 갈등을 일으키고 남의 처지를 조금도 생각하지 않고 자신의 허물은 덮어놓고 불필요하게 자신과 남들의 고통을 만듭니다. 조용히 있어 보세요. 따지지 말고 '내 꼴을 아세요' 이게 수행입니다. 그리고 다른 사람 처지를 생각해 보세요. 상대방 처지에서 자신을 따져 보세요. 부끄러울 겁니다. 자기 꼴을 아는 것이 명상이고 남의 처지를 아는 것이 자비입니다.

수행은 '나부터'입니다.
나부터 하고
나부터 내려놓고
나부터 수행하고
나부터 착하고

나부터 변하면

모든 것이 저절로 해결됩니다.

너부터는 아집이고

나부터는 사랑입니다.

불안과 두려움의 이유

마음이 늘 불안합니까?

두려움이 자주 올라옵니까?

원인을 알면 불안과 두려움이 가라앉습니다.

불안한 이유는 '~까 봐' 때문입니다.

잘 안 될까 봐

잘 못 할까 봐

실수할까 봐

남이 뭐라고 할까 봐

돈이 없을까 봐

아플까 봐

미움받을까 봐

비난받을까 봐

인정받지 못할까 봐

성공하지 못할까 봐

병이 있을까 봐

안 좋은 소문날까 봐

행복하지 못할까 봐

불행할까 봐

땅콩 껍질 까 봐(말도 안 되는 농담 또 했어요.^^)

입니다.

좋은 것을 바라고

좋지 않은 것을 두려워합니다.

바람과 두려움이 마음의 기본 습관이며 불안의 원인입니다.

이 습관을 알아차리면

알아볼 수 있다면

마음이 불안하지 않고

편안합니다.

깨달음의 조건 여섯 가지

- 지혜는 본성(본마음)을 아는 것을 의미합니다. 늘 평화롭고 조건 없이 행복하고 가능성이 무한한 청정한 본마음을 이해하고 체험하고 깨닫는 것이 지혜입니다.

- 알아차림을 더 많이 할수록 생각의 힘이 약해집니다. 마음이 현존하는, 생각에서 벗어난 알아차림을 길러야 합니다.

- 자비: 지혜와 함께 기르는 것이 자비입니다. 자비심은 해탈과 행복의 진수입니다. 자비심 없이는 해탈은 물론이고 이생에서도 행복하지 못합니다.

- 기도는 깨달음의 성품과 연결해 줍니다. 평범한 견해를 비범한 견해로 만드는 것이 기도입니다. 수행자에게 꼭 필요한 감화는 기도로 받습니다.

- 신심: 깨우친 스승에 대한 신심, 부처님에 대한 신심, 가르침에 대한 신심, 본성에 대한 신심이 마음을 열어 줍니다. 명상으로 마음의 변화를 보는 것은 더디지만 신심으로는 굉장히 빨리 볼 수 있습니다. 명상을 잘하려면 신심이 있어야 한다고 합니다. 신심, 헌신, 성심, 경외심, 내맡김, 다 비슷한 개념입니다. Devotion and Trust, 어려움이

없는 가장 빠른 길입니다.

- 출리심은 죽음을 아는 것을 의미합니다. 죽음에 대한 확신이 있으면 이생에 대한 헛된 바람들을 내려놓을 수 있고 수행에 전념할 수 있습니다. 죽음을 모르면 이생을 허비한다고 합니다.

지혜(위빠사나), 알아차림(사마타), 자비심, 기도, 신심, 출리심(수행의 기초)이 깨달음의 여섯 가지 조건입니다.

깨달음의 4단계

- 겨울: 처음으로 마음을 보게 되어서 정신이 없다는 것을 알게 됩니다. 첫 번째 단계에서는 명상 안 하는 사람과 똑같이 생각과 감정의 지배를 받고 고통이 있습니다. 하지만 마음이 보이기 시작하며 마음에서 일어나는 현상들을 보아서 마음이 변하기 시작합니다. 혼탁한 강물이 맑아지면 여러 가지가 보이듯이 마음이 얼마나 산만하고 부정적인지 처음으로 보게 됩니다. 마음이 더 안 좋아졌다고 느낄 수도 있습니다. 사람들은 대부분 근기가 없어서 명상을 꾸준하게 못 하고 첫 번째 단계를 넘기지 못합니다. 첫 번째 단계에서는 겨울처럼 마음이 꽁꽁 얼어붙습니다. 강렬한 겨울을 잘 견뎌 내야 봄을 볼 수 있듯이 첫 번째 단계에서는 인내와 노력과 결의가 필요합니다. 또는 명상을 제대로 배우지 못하면 첫 번째 단계를 넘기지 못합니다.
- 봄: 얼어붙은 것들이 녹기 시작하며 새싹이 올라옵니다. 마음에서 일어나는 생각과 감정과 습관의 힘이 약해지면서 봄날 같은 조건 없는 기쁨을 이따금 경험합니다. 마음의 무한한 가능성을 살짝 보게 됩니다. 명상할 수 있고

101

행복할 수 있다는 자신감이 생깁니다. 봄날에 새싹처럼 불성이 드러나기 시작합니다.

- 여름: 티베트의 여름은 수많은 노란 꽃들이 초원을 장식하여 매우 유쾌합니다. 마음이 적으로 일어나지 않고 벗으로 일어납니다. 마음에서 일어나는 모든 현상이 도움이 되고 자비와 지혜와 사랑이 내면에서 꽃핍니다. 부정적이고 이기적인 생각과 감정보다 긍정적이고 자비로운 생각과 감정들이 더 많이 일어납니다. 부드럽고 온화하고 지혜로운 사람이 되었습니다. 여름날의 느긋함을 즐기는 시절입니다.

- 가을: 열심히 해서 수확물을 즐기는 시절입니다. 수행의 결과인 흔들림 없는 평화와 자동으로 이어지는 깨어있음을 즐깁니다. 노력 없이 자신과 남들에게 도움이 되고 드디어 퇴보할 수 없는 마음의 무한한 자비와 지혜와 능력을 이루었습니다. 어떤 상황에도 광대한 평화와 조건 없는 사랑에서 벗어나지 않습니다. 시공과 생사를 초월한 마음의 본성을 이루었습니다. 올겐 쵸왕 린포체님 법문을 정리해 보았습니다.

고통스러운 감정에 지배받는 이유

- 습관이 되어서. 습관의 힘은 강한데 알아차림의 힘은 약합니다. 알아차림의 힘을 키우면 습관에서 완전히 벗어날 수 있습니다.
- 감정이 우리 것이 아니라는 것을 까먹어서. 객관적으로 바라보는 알아차림이 익숙하지 않습니다. 우리가 감정이 아닙니다. 감정은 마음이 비춰 주는 일시적인 현상일 뿐입니다. 우리는 감정보다 더 큰 알아차림입니다.
- 감정을 내버려 두지 못해서. 감정에 힘을 싣지 않고 감정과 상호 작용하지 않으면 감정이 가라앉습니다. 깨어있음에 마음을 두고 생각을 내버려 두면 감정이 살아남지 못합니다. 생각이 없으면 고통이 없습니다.
- 알아차림의 힘이 약해서. 생각에 얼마나 끌려가는지에 따라서 알아차림의 힘을 알 수 있습니다. 현존하는 힘을 키울수록 생각과 감정의 힘이 약해집니다.
- 생각의 본질을 몰라서. 마음에서 저절로 일어나는 생각이 탐·진·치이며 망상이며 환영이며 아집입니다. 신경을 써서 고통에 힘을 부여하고 있습니다.
- 참본성을 몰라서. 우리(마음) 본성은 오염될 수 없고 무

한하고 부족함이 없고 이미 행복하고 자비롭고 지혜롭습니다. 언제나 가능하고 언제나 의지할 수 있고 모든 해결책과 도움과 이익의 원천입니다. 여기에 자신감을 기르는 것이 수행입니다.

가까운 사람과 잘 지내려면

가까운 사람에게는 거칠게 말을 하거나 화를 내도 괜찮다고 생각하는 경우가 있습니다. 가장 가까운 사람에게 못되게 굴고 잘 모르는 사람에게는 친절합니다. 같이 살고 같이 일하고 제일 가까이 있는 사람들이 제일 깊은 인연이며 이생의 마음공부 숙제입니다. 잘 모르는 사람을 좋게 보고 바른 견해를 갖는 것은 어렵지 않은데, 가까운 사람을 좋게 보는 것은 힘듭니다.

부처님하고 같이 살아도 처음에는 좋지만 옳지 않은 견해를 가지면 허물이 보이기 시작합니다. 부처님에게 허물이 있는 것이 아니라 습관적으로 보는 눈이 잘못된 것입니다. 가까운 사람은 탓하기 쉽고 불공평하게 판단합니다. 가까운 사람은 자신의 못된 성질을 가장 잘 보여 주는 거울입니다. 자신의 허물이 옆에 있는 사람의 허물로 보입니다. 가까운 사람과 관계를 좋게 하는 세 가지 방법이 있습니다.

- 출리出離: 관계가 너무 돈독하면 떠나거나 피하는 것도 방법입니다. 고통스러운 환경을 피하거나 만들지 않는 것이죠.
- 탈바꿈: 미움을 사랑으로, 비난을 격려로, 집착을 지혜

로, 부정을 긍정으로 탈바꿈합니다. 자신의 마음을 바꾸면 환경도 다른 사람도 다르게 보입니다.

- 초월: 미움을 받아도 미워하지 않고 비난을 받아도 상처를 입지 않습니다. 연꽃처럼 환경에 물들지 않으면서 꽃이 피는 것입니다. 일체 개념을 만들지 않고 청정한 마음을 유지하는 것입니다.

모든 관계는 노력이 필요하며 마음을 닦을 수 있는 너무나 훌륭한 기회입니다. 자신의 허물을 볼 수 있고 아집을 내려놓을 수 있는 수행입니다. 절에서 삼천배 하는 것보다 일주일 집중 수행하는 것보다 더 강력하게 마음을 변하게 할 수 있습니다. 하지만 삼천배보다 더 어려운 수행입니다. 기회를 놓치지 마세요. 잘 알아차려서 내려놓음과 용서와 사랑을 배우십시오.

그냥 살고 그냥 사랑하십시오

평생 고생만 하더라도 잘 살 수 있습니다. 고통은 선물입니다. 인생의 목적은 행복이 아닙니다. 사람이 되는 것, 영혼을 성숙시키는 것, 이것이 삶의 목적입니다. 여기서는 행복이 크게 도움이 되지 않습니다.

고통은 사람을 만듭니다. 행복은 사람을 버립니다. 무엇을 경험하는 것이 중요하지 않습니다. 경험을 어떻게 하느냐가 중요합니다. 경험에서 얻는 것이 중점입니다. 행복보다 고통에서 배울 것이 더 많습니다.

하지만 고통이 있는 것만으로 사람이 되는 것이 아닙니다. 고통을 받아들인다면, 불평불만 없이 그냥 산다면 사람이 됩니다. 어떤 경우에도 생각을 굴리지 말고 할 일을 하고 앞으로 나가고 그리고 남을 도우면요.

생각하지 말고 그냥 하고 그냥 살고 그냥 사랑하십시오. 고통을 받아들이는 삶은 고통스럽더라도 잘 살아가는 아름다운 삶이 됩니다.

꽃이 향기를 품듯이

가는 눈길이 오는 눈길이며

가는 말이 오는 말이고

가는 생각이 오는 생각입니다.

우리의 판단으로 판단을 받고

거칠게 말하면 거칠게 들리고

못된 마음은 분명히 돌아옵니다.

이기심을 지니면 어디를 가든 하대를 받습니다.

사랑을 품으면 사랑을 받고

힘을 주면 힘을 얻고

부드럽게 말하면 아름다운 선율이 들립니다.

자비심을 지니면 어디를 가든 대우를 받습니다.

못된 마음으로 지옥을 만들고

순수한 마음으로 정토를 만듭니다.

사람과 환경은 보는 눈이며

이쁘게 보면 이쁘게 비춰 주고

벗이 많은 아름다운 세상입니다.

잘못된 견해로 보면 세상에 좋은 사람, 좋은 환경 하나도 없습니다.

가는 것이 오는 것으로 알아

꽃이 향기를 품듯이

선량함을 품고 사랑을 펼치소서.

고통이 행복의 원인이 됩니다

이생의 고통은 우리의 업이며 해결할 숙제입니다.
주변 사람들과 화목하지 못하고 서로 싸우는 것
무시, 하대, 냉대, 학대 따위를 받는 것
돈이 없는 것
몸이 허약한 것
비난과 중상을 받는 것
원치 않은 상황이 벌어진 것
전부 다 우리의 업입니다.
업은 받지 않을 것을 받지 않습니다.

업을 받아들이지 못하고 남을 탓하고 업을 피하려고 합니다.
업을 직면하지 않은 채 상황을 바꾸거나 환경을 떠나거나 사
람들과 인연을 끊습니다. 이렇게 하면 업이 바뀌지 않고 똑같
이 안 좋은 상황을 다시 만나게 됩니다. 안 좋은 상황이 반복
되는 것이 윤회의 의미입니다. 바깥 상황을 바꾸는 것이 아니
라 자신의 경향을(마음 상태를) 바꿔야 합니다.
　주어진 고통을 받아들이고 노력하면 업이 바뀝니다. 똑같
은 안 좋은 상황을 만나지 않습니다.

고통을 받아들이는 과정이 쉽지 않고 경험은 좋지 않지만 훌륭한 결과를 갖게 합니다. 업은 늘 공평하고 자비의 표현입니다. 꼭 해결해야 할 것을 과제로 줍니다. 책임지면 큰 공부가 됩니다. 자신의 업으로 받아들이고 하심을(내려놓음) 배우면 고통이 행복의 원인이 됩니다.

알아차림으로 아집을 놓을 수 있습니다

저는 화가 많이 없는 사람인 줄 알았어요. 아집이 강하지 않은 줄 알았어요. 스트레스가 없는 사람인 줄 알았어요. 다른 사람의 의견을 잘 들어주는 사람인 줄 알았어요. 잘못 알고 있었어요. 알고 보니 아집이 일어날 조건이 없었던 것뿐이에요.

원자폭탄이 터지면 남는 것이 두 가지 있습니다. 바퀴벌레와 아집입니다. 엄청나게 센 우리 아집을 닦을 수 있는 가장 좋은 수행은 다른 사람의 무시와 험담과 모욕을 소화하는 것입니다.

아집을 내려놓는 하심을 갖는 것이 가장 높고 훌륭한 수행입니다. 비난을 참는 것이 아니라 비난에 반응하는, 항상 자기만 생각하는 마음을 내려놓는 것입니다. 남의 해를 입는 것이 아니라 남의 해에 영향을 받지 않는 것입니다.

이것이 알아차림의 힘입니다. 알아차림이 있으면 생각(아집)을 놓을 수 있습니다. 생각을 놓으면 나도 너도 없는 모든 것이 허용되는 허공같이 물들지 않는 마음자리가 생깁니다. 청정한 마음에 아집을 녹이는 것입니다.

아집은 생각이에요. 생각과 상호 작용하지 않으면 아집이 커질 일이 없어요. 우리를 괴롭히지 않아요. 우리는 우리의 아집이 아닙니다. 여태까지 너무 가깝게 지냈지만, 지금부터는 미친 사람을 멀리하듯이, 못된 사람과 인연을 맺지 않듯이 우리의 미친 못된 에고를 접하지 않는 것이 좋아요.

아집이 지나갑니다. 지나가게 내버려 두세요. 신경 쓰지 마세요. 중요성을 두지 마세요. 그리고 남의 편을 가져 보세요. 공평하게 너그럽게 다른 사람을 대하세요. 아집이 지나가면 말과 행동을 바르게 할 수 있는 하심을 가질 수 있습니다. 참 어렵지만 참 이로운 수행입니다.

본마음으로 사는 것

명상은 우리의 본마음과 익숙해지는 것입니다. 본마음은 자유롭고 순수한 에너지라고 할 수 있습니다. 순수한 현존감, 순수한 앎이라고 할 수 있습니다. 본마음으로 사는 것이 명상의 목적입니다. 본마음으로 먹고 본마음으로 걷고 본마음으로 영화 보고 본마음으로 대화하고 본마음으로 일하고 본마음으로 기도하고 본마음으로 사랑할 수 있습니다.

생각은 계속 일어나고 가라앉지만 생각에 끌려가지 않습니다. 생각이 없는, 걸림이 없는, 맑고 명료한 앎을 유지합니다. 개념 없는 깨어있음, 순수한 아이 마음입니다. 본마음은 고통이 없고 경계가 없고 주체 객체 행위가 없습니다. 청정하고 평화롭고 자유로운 각성awareness입니다. 자비와 지혜의 원천입니다.

생각을 내려놓는 순간 본마음이 있습니다. 처음에는 본마음을 잘 느끼지 못합니다. 생각의 힘이 너무 강력하기 때문입니다. 현존하는 힘을 기를수록 본마음을 실제로 느끼고 체험하고 본마음으로 살 수 있습니다. 사랑을 느낄 수 있듯이 본마음도 느낄 수 있습니다. 중점은 본마음을 체험하려면 현존하는 알아차림의 힘을 길러야 합니다.

본마음으로 사람을 만나면 집착도 두려움도 없습니다. 진정한 대화를 할 수 있고 순수한 인연을 맺을 수 있습니다. 본마음은 늘 의지할 수 있고 틀림없는 귀의처와 마음의 쉼터입니다. 매 순간 본마음에 안주하면 알 것을 다 알고 할 것을 다 하고 하는 바 없이 모든 것을 잘하게 됩니다. 본마음이 다 알고 다 해결해 줍니다.

윤회는 생각에 빠져서 무엇을 찾는 것입니다. 열반은 본마음에 안주하고 본마음을 알아차리는 것입니다. 만 가지를 찾고 의지하고 해결하는 것보다 한 가지만 찾고 의지하면 됩니다. 본마음에 모든 것을 매 순간 믿고 맡기는 것입니다.

너 자신이 되어라

우리는 누구인가요? 그리고 어떻게 진정한 나 자신이 될 수 있을까요? 자신의 모습이 여러 가지입니다. 사회 속의 나, 가족의 한 사람인 나, 개인의 나, 비밀의 나. 이런 모든 나는 실제 내가 아닙니다. 우리는 가면을 쓰고 삽니다. 다른 사람들의 기대와 자신이 생각하는 정체성으로 말하고 행동합니다. 미소를 짓지만 마음은 아픕니다. 별일 없어 보이지만 마음속에 별일이 많습니다. 덤덤해 보이지만 마음은 불안합니다. 밖과 안이 일치하지 않습니다.

또 다른 내가 있습니다. '그냥 나.' 그냥 나가 참된 나이며 집착이 없는 나입니다. 그냥 나는 개념을 짓지 않는 나입니다. '어린 나'하고 비슷합니다. 어린 시절에는 개념이 많지 않고 정체성이 없었습니다. 자유롭고 그냥 기쁘고 신경증이 없었어요. 그 나로 돌아가는 것이 수행입니다. 그냥 나란 나가 없는 것이 아닙니다. 정체성은 분명하더라도 집착이 없습니다. 정체성이 늘 변하고 있고 참나가 아니라는 것을 아는 것입니다. '그냥 나'는 부드러운 나입니다. 허공처럼 잡을 수 없고 개념을 만들 필요가 없는 나입니다.

나는 상대적으로 일시적으로 상호 의존해서 있는 것입니

116

다. 이 사실을 모르기 때문에 '나'가 변함없이 독립적으로 하나로 영원히 존재한다고 착각합니다. 여기서부터 모든 딱딱한 정체성과 자기비하와 자기혐오와 신경증이 만들어집니다. 나에 대해 거짓된 개념으로 가득 차 있어서 자유롭지 못하고 제한이 많고 구속받고 마음이 불안하고 복잡합니다.

나는 누구인가요? 말로 표현할 수 없는 무한한 존재입니다. 자신에게 붙인 모든 개념보다 훨씬 더 크고 초월적인 존재입니다. 부족함과 제한과 고통이 없는 경이로운 존재입니다. 할 수 없는 것이 없는, 한없이 자비롭고 지혜로운 존재입니다. 여기에 자부심을 가지세요. 'Be yourself. 너 자신이 되어라.' 이 말은 자신을 한정 짓는 모든 개념을 버리라는 것입니다. 자신을 구체화할 필요가 없습니다.

'Just be yourself'란 벌거벗은 모습, 개념이 없는 모습, 그냥 나가 되라는 것입니다. 상처도 있고 고통도 있고 번뇌도 있지만 이런 모든 것이 진실한 나가 아니라는 것을 알면서 존재하는 것입니다. 그냥 나가 사회의 나가 되고 가족 속의 나가 되고 개인의 나가 되면 진정한 나 자신이 되는 것입니다. 가면을 벗어서 진정한 나로 살 수 있습니다. 자신에 대한 개념을 내려놓으면서 살면 모든 아픔과 습관이 저절로 해체되면서 진정한 나가 드러납니다.

나는 행복합니다. 왜 행복합니까? 그냥 행복합니다.
나는 물질이 아닌 한없는 사랑 그 자체입니다.

여기에 기반을 두고 다른 모든 그릇된 개념을 버리세요.

Be naked. Be yourself. Just be.

여섯 가지 명상의 지름길

고통에서 벗어나는 것은 쉬운 일이 아닙니다. 마음공부는 처음에는 정말 어렵습니다. 정신적인 고통의 습관이 엄청납니다. 그런데 고통에서 벗어날 수 있습니다. 진정한 마음의 자유와 여유와 행복을 맛보고 체험하고 깨우칠 수 있습니다. 처음에는 변하기 어려운 마음이 점차 유연해지고 여유로워지고 한없이 주는 보물 창고가 될 수 있습니다.

딱딱하고 정신이 없고 집중이 안 되고 복잡하고 원수 같은 존재가 매 순간 도움을 주는, 모든 어려움을 쉽게 넘기게 하는, 누구보다 무엇보다 훌륭한 벗이 될 수 있습니다. 마음이란 놀랍고 놀라운 것입니다.

마음공부를 통하여 상상도 못 할 행복과 복을 누리게 됩니다. 저는 수행을 잘하고 있지는 않습니다. 하지만 저에게 도움과 힘이 되는, 제 마음의 변화를 보게 한 명상의 지름길 여섯 가지를 소개합니다.

- 일상의 알아차림: 좌선도 해 왔지만 일상에서 알아차려서 마음의 고요함을 찾았습니다. 마음이 흩어지지 않도록 바로잡는 불방일을 화두로 삼고 항상 알아차림을 기

다립니다. 생각이 마구 마음대로 굴러가지 않도록 알아
차리겠다는 의도를 늘 마음에 간직합니다. 생각과 감정
의 힘이 약해지면서 의도가 확고해집니다. 이런 의도 없
이, 불방일 없이 명상을 배우면 하루 종일 습관처럼 생각
을 굴립니다.

- 감정과 벗하기: 올라오는 감정을 알아차림 속으로 풀어
  주는 연습을 해서 마음이 변했습니다. 분노, 미움, 억울
  함, 답답함, 슬픔, 불안과 같은 감정을 허용하는 것을 배
  웠습니다. 감정에 빠지지도 않고 저항하지도 않고 일어
  나는 모든 감정과 벗합니다.

- 남의 해를 소화하기: 야단맞을 때, 말다툼할 때, 다른 사
  람의 무시와 험담과 비난을 겸손하게 받아들이는 것을
  배웠습니다. 참는 것이 아니라 아집을 내려놓는 것입니
  다. 정말 어려운 수행이지만 정말 이로운 수행입니다.

- 원수 사랑하기: 저에게 해를 끼친 사람을 대상으로 집중
  적으로 자비명상과 기도를 합니다. 감정을 올라오게 한
  사람을 용서하고 좋은 마음을 가질 수 있다면 대자대비
  를 갖는다고 합니다. 저를 괴롭힌 사람에게 모든 공덕을
  회향하고 미움이 하나도 없도록 사랑과 연민을 연습합니
  다. 원수를 자비명상의 대상으로 삼습니다.

- Devotion: 어떤 방편보다 마음의 변화를 빨리 강력하게
  오게 하는 것이 devotion입니다. 신심+내맡김+성심+경외
  심+간절함+surrender+trust= DEVOTION. 자신과 우주

와 삼보와 스승에 대한 devotion과 대상 없는 devotion이 마음의 본성을 체험하게 합니다. 기도를 일상화하는 것이며 devotion의 자세로 사는 것입니다.

- 본성에 내맡김: 일시적인 생각과 감정과 습관을 본마음에 녹이는 원리를 알고 연습하면 마음의 변화가 빨리 옵니다. 매 순간 본성을 믿고 맡기는 수행이 어느 수행보다 직접적이며 효율적이며 탁월합니다. 선과 악을 구별하지 않고 마음에서 일어나는 모든 현상이 저절로 해탈할 수 있게 본마음에 매 순간 쉽니다. 본마음 수행은 처음에는 잘 못하지만 차츰 잘하게 됩니다.

마음의 변화를 보려면 처음에는 노력을 많이 해야 합니다. 마음의 유연성과 여유를 가질 때까지는 힘써야 합니다. 첫 번째 단계를 넘기는 것이 가장 어렵고 중요합니다.

고통이 많은 것은 생각이 많은 것입니다. 생각이 없으면 고통이 없습니다. 이것을 알면 고통을 만드는 생각을 이어 가기 시작할 때 바로 내려놓을 수 있습니다. 나를 괴롭힐 슬픔의 생각, 억울함의 생각, 질투의 생각, 원한의 생각이 올라올 때 위험한 줄 알면 이어지지 않습니다. 생각을 이어 가지 않으면 고통을 만들지 않습니다. 끝!

감정의 여운은 약간 남아 있을 수 있습니다. 생각을 더 붙이지 않으면 사라집니다. 생각을 이어 가서 감정이 되고 감정을 반복해서 습관이 됩니다. 꼬리에 꼬리를 물고 이어지는 생각이 우리를 구속하고 자유롭지 못하게 하고 우울한 세상을 만듭니다. 끊임없이 이어지는 생각을 고통의 사슬, 망상의 사슬이라고 합니다. 고통은 마음 안에 있는 것입니다. 생각이 계속 이어지지 않게 알아차림 속으로 풀어 주는 기법과 익숙해지는 것이 무엇보다 중요하고 유용하고 결정적입니다.

처음에는 쉽지 않습니다. 연습이 필요합니다. 생각을 대하는 방식을 바꾸면 마음이 변화합니다. 명상 초보자들은 한참 생각하고 있다가 생각하고 있다는 것을 알게 되어서 생각을 놓게 됩니다. 알아차림이 있으면 생각과 분리되어서 생각을 놓을 수 있습니다. 이것이 알아차림의 힘입니다.

알아차림을 빛에 비유합니다. 마음을 밝혀서 생각이 더 많이 보입니다. 마음에서 무엇이 일어나는 것을 아는 것이 명상입니다. 마음을 밝히면 생각에서 자유로워지고 마음이 저절로 변합니다. 걸림이 없고 고통이 없는, 한없이 평화롭고 자유로운 마음의 본성을 더 많이 경험합니다.

일어날 때부터 잠잘 때까지

우리는 외롭습니다. 외로움을 달래기 위해 여기저기 단체에도 들어가고 친구도 사귀고 연애도 합니다. 평생 시도했지만 여전히 뭔가 빠진 듯 조용한 절망 속에 삽니다. 우리 모두가 하나라는 것을 모르고 혼자라고 생각해서 외롭습니다. 외로움은 다른 사람한테 의지해서 달랠 수 없습니다. 의지할 수 있는 것은 자비심과 알아차림입니다. 자비심을 가지면 우리가 사랑의 망으로 연결되어 있다는 것을 알게 되고 사랑이 배로 돌아옵니다.

자비심이 있는 만큼 충만하고 없는 만큼 외롭습니다. 알아차림 속에, 내려놓음 속에 늘 찾고 있고 그리운 충만함, 의미, 조건 없는 사랑이 있습니다. 고요한 본성 속에 나와 남이 분리되어 있지 않은 연결감과 가없는 충만함이 있습니다. 본성과 익숙해지면 우리가 따로 있지 않고 한마음이라는 것을 알게 됩니다.

오랫동안 수행과 인연이 있어도 마음을 보려 하지 않고 여전히 다른 곳에서 행복을 찾습니다. 여기저기 돌아다니고, 무엇을 만들고, 이것도 해 보고, 저것도 해 보고, 이 수행 저 수행 찾아다니면서 잠시 마음을 달래지만 내면의 공허함을 채

우지 못합니다.

배고픈 사람은 밥을 먹어야 합니다. 굶주린 영혼은 자신을 찾아야 합니다. 밖에서 찾지 말고 마음에서 찾으십시오. 알아차림과 자비심을 찾으십시오. 일어날 때부터 잠잘 때까지 '어떻게 하면 알아차릴 수 있을까. 어떻게 하면 자비심을 가질 수 있을까.' 마음에 확고한 화두로 삼으세요. 외로움을 달래는 다른 길이 없습니다. 마음공부만 유일한 약입니다.

하소서

보리심이란
모든 중생이 고통을 만드는 습관에서 벗어나기를 바라고
모든 중생이 행복을 만드는 습관을 갖기를 바라고
본성(불성)이 깨어나기를 간절히 바라는 마음으로
깨어있음과 자비심을 보호하겠다는 다짐입니다.
모든 중생의 궁극적인 행복과(성불)
상대적인 행복을 위해
아집을 내려놓고
알아차림을 놓치지 않겠다는
마음의 자세입니다.
한순간도 한 중생에게도 해가 되지 않고
힘이 되고 격려가 되고 도움이 되겠다는
결의입니다.
중생이 아무리 많아도
번뇌가 아무리 많아도
법문이 아무리 많아도
불도가 아무리 힘들더라도
한순간도 좌절하지 않고

한 중생도 버리지 않고
매 순간 보리심(지혜와 자비)을 보호하겠다는
서원입니다.
이것이 보리심의 발원
발심發心입니다.
발심을 자꾸 내다 보면
언젠가는 보리심이
마음에 자리 잡는다고
달라이라마 존자님께서
자주 말씀하십니다.
보리심의 동기를 따라서
모든 수행을 어려움 없이
잘하게 됩니다.
수행에 힘을 부여하여
공덕을 보호합니다.
보리심은 행복과 해탈의
빠뜨릴 수 없는 조건입니다.

입보리행론(보리심 발원)

보호가 필요한 이에게 보호자가 되며

길을 가는 이에게 안내자가 되며

강을 건너는 이에게

배가 되고, 뗏목이 되고, 다리가 되게 하소서.

땅을 찾는 이에게 섬이 되며

빛을 찾는 이에게 등불이 되며

쉬고자 하는 이에게 쉴 자리가 되며

종이 필요한 이에게 종이 되게 하소서.

모든 중생 위하여

여의주가 되며

행운의 항아리가 되며

힘 있는 주문이 되며

최고의 약이 되며

소원을 이루어 주는 나무가 되며

풍요의 소가 되게 하소서.

대지와 같은 요소처럼

늘 있는 허공처럼

한량없는 중생들을 생존하게 하는

바탕이 되게 하소서.
끝이 없는 허공에 존재하는
헤아릴 수 없는 중생들이
고통에서 벗어날 때까지
그들 생명의 근원이 되게 하소서.

생각으로 무엇을 만들지 않으면

무명無明이란 자신이 보는 눈이 사실이라고 생각하는 것입니다. 업(습관)으로 오염된 지각에 사로잡혀 있어요. 자신의 해석과 판단과 스토리에 완전히 빠져 있어요. 지각 자체가 고통을 만드는 것이 아니라 지각을 붙잡는 것이 우리를 구속하고 고통을 만들어요.

해석, 의견, 판단을 알아차림 속으로 녹이세요. 내려놓음 속에 지혜와 자유가 있습니다. 알아차림의 지혜를 한번 통과하면 더 나은 해석과 판단과 의견을 갖게 됩니다. 집착이 없기 때문에 상황을 전체적으로 볼 수 있습니다. 붙잡고 있는 한 무명과 구속이 있습니다. 우리의 해석이 중요하지 않습니다. 깨어있음의 자유와 지혜가 중요합니다.

마음에서 일어나는 현상에 참가하지 마세요. 생각으로 무엇을 만들지 않으면 아무 문제없어요.

자기 입장을 고집하지 않는 것

갈등이 나쁜 것이 아닙니다. 갈등이 없으면 화합을 배우지 못합니다. 때로는 다른 사람들과 일하는 것이 고행입니다. 기가 차고 답답하고 화가 납니다. 우리만 그런 것이 아니겠죠. 에고가 다른 에고들과 일하는 것이 보통 일이 아닙니다. 자신의 좁은 견해를 넘어서 모든 사람의 처지를 헤아릴 줄 알아야 하는데 쉽지 않습니다. 서로 상처 주고 뒷담화를 합니다. 사람이 있는 곳은 갈등이 있는 곳입니다. 이상적인 기대를 가지면 안 되고 포기하거나 상대를 외면하는 것도 안 됩니다. 너무 세게 나가거나 너무 약한 모습도 좋지 않습니다. 중도가 중요합니다.

의견을 내는 것이 나쁘지 않지만 순수한 동기로 하는지, 남에게 상처를 줄 수 있는지 잘 살펴야 합니다. 자신의 입장을 잠시 내려놓고 남의 입장을 헤아리고 상생의 해답을 찾는 것입니다. 옳고 그름을 따지는 것보다 함께 일하는 데 초점을 둡니다. 아무것도 아닌 것을 가지고 서로 싸웁니다. 작은 한 가지만 희생하면 넘어갈 수 있는 일들이 많습니다. 안타깝게도 자존심을 내려놓지 못해서 작은 한 가지로 전쟁까지 가는 경우가 있습니다.

갈등은 나쁜 것이 아니라 정상입니다. 공부거리가 많고 아집을 내려놓을 기회가 생깁니다. 갈등이 있지만 앞으로 나아가고 성황리에 마칠 수 있습니다. 우리는 혼자 할 수 있는 것이 많지 않습니다. 다른 사람을 의지하고 다른 사람의 덕으로 잘 먹고 잘 살고 행복한 것입니다. 함께 일하는 것은 하심下心입니다. 하심은 상대방이 옳고 내가 틀렸다는 것이 아닙니다. 자기 생각을 고집하지 않는 것을 의미합니다.

하심이 화합의 비결입니다.

갈등은 성찰할 기회입니다.

말을 조심해서 서로 상처를 주지 않고 화합을 깨는 험담을 하지 않고 앞으로 나아가는 것입니다.

인욕수행이란

내 욕을 한 사람을 욕하지 않는 것이 무엇보다 힘듭니다. 내 처지에서 일어나는 생각을 내려놓는 것이 무엇보다 힘듭니다. 우리를 힘들게 한 사람을 좋게 보고 좋게 이야기하는 것이 무엇보다 힘듭니다.

동시에 가장 높고 가장 훌륭한 인욕바라밀 수행입니다. 할 수 있습니다. 자신을 위해 해야 합니다. 인욕수행에는 두 단계가 있습니다. 내려놓음과 사랑입니다. 내려놓음은 잊어버리는 것을 의미합니다. 다른 사람의 잘못에 일체 신경을 쓰지 않는 것입니다. 내버려 두고 기다려 보는 것입니다.

남의 잘못에 신경을 써서 도움이 된다면 할 만하지만, 전혀 도움이 되지 않고 갈등과 괴로움만 키웁니다. 실용적이지 않습니다. 특히 험담을 하면 마음이 굳어져서 자신만 힘듭니다.

두 번째 단계인 사랑은 사람을 아끼는 것입니다. 그 누구도 사랑을 받을 만한 가치가 있습니다. 나쁜 사람은 없습니다. 나쁜 습관이 있는 좋은 사람입니다. 좋은 사람이기 때문에 좋게 볼 수 있는 것입니다.

잘해 준 것을 생각하고 좋은 면을 강조합니다. 좋게 보려고 노력하고 좋게 이야기합니다. 빈말이라도 좋게 말하는 것이 용서의 첫걸음입니다. 허물을 봐주고 은혜를 잊지 않는 것이 사랑의 인연을 만듭니다.

잘못으로부터 벗어나게 하는 것이 사랑입니다. 나를 힘들게 했는데도 사랑을 하면 반성하게 됩니다. 서로 미안해하고 본성의 사랑과 연결하게 합니다. 나도 상대방도 치유가 됩니다. 남을 사랑하는 것이 자신을 사랑하는 것입니다. 인욕수행은 자신을 위한 사랑입니다.

말할 필요가 없는 것

때로는 말할 필요가 없는 것을 말해서 온갖 문제를 불러일으킵니다. 다른 사람의 허물을 지적하는 것을 의무처럼 느낍니다. 답답한 마음을 털어놓고 싶습니다. 왜 고통을 나누고 싶으신가요? 만날 안 좋은 것만 얘기하는 것이 정말 안 좋은 버릇이에요.

다른 사람과 상한 음식은 나누지 않는데, 자신의 상한 마음은 자주 공유합니다. 아름다운 꽃을 주듯이 아름다운 말을 나누어요. 고통의 불을 쓸데없는 말과 생각으로 피우지 마세요. 다들 이미 힘들어요. 더 힘들게 하지 말고 만나는 모든 사람에게 작은 힘이 되어요.

다른 사람을 행복하게 하면 자신의 고통이 줄어들어요. 모든 고통의 원인은 저절로 일어나는 생각을 믿는 것이에요. 자동으로 일어나는 생각은 대체로 잘못되어 있어요. 이기적이에요. 부정적이에요. 가장 좋은 해답은 내려놓는 것입니다. 그냥 내버려 두는 것입니다. 말로 표현하지 않고 행동으로 옮기지 않으면 돼요. 우리는 좋은 사람이에요. 좋은 사람처럼 말하고 행하면 됩니다.

알아차림

명상은 생각에서 자유로워지고 본성과 익숙해지는 것입니다. 가장 중요한 것은 알아차림을 기르는 것입니다. 처음에는 보이는 것과 들리는 것과 냄새, 맛, 몸의 감각, 생각과 감정을 알아차리는 연습을 합니다. 일곱 가지 현상을 알아차리는 원리는 똑같습니다. 보이면, 들리면, 느껴지면 알아차림이 있는 것입니다.

소리가 들리면 알아차림이 있습니다. 생각이 보이면 알아차림 있는 것입니다. 알아차림의 반대는 산란함입니다. 생각에 빠진 것을 의미합니다. 생각에 빠져 있으면 앞에 있는 것이 보이지 않고 소리가 들리지 않고 무슨 생각을 하고 있는지도 모르고 완전 좀비 상태가 됩니다. 우리는 늘 생각에 빠져서 좀비 상태로 살고 있습니다.

알아차림은 이 순간에 보이는 것과 들리는 것과 일어나는 경험에서 깨어나는 것입니다. 마음이 이 순간에 현존하는 것을 의미하고 무엇이 진행되고 있는지 아는 것을 의미합니다. 알아차림은 현존감, 앎입니다.

왜 이리 힘들게 삽니까?

기가 찬 것은 생각을 굴리는 것입니다.
답답한 것은 생각을 이어 가는 것입니다.
화가 나는 것은 생각을 믿고 따라가는 것입니다.
우울한 것은 생각에 잠긴 것입니다.
불안한 것은 생각에 중요성을 둔 것입니다.
마음이 편안한 것은 생각을 내려놓은 것입니다.
자유로운 것은 알아차리고 있는 것입니다.
여유로운 것은 잡념이 없는 것입니다.
고통이 없는 것은 생각에서 벗어난 것입니다.
왜 이리 힘들게 삽니까?
항상 생각으로 정리할 필요가 없습니다.
몰라도 돼요.
기다려 봐요.
개념 짓지 않으면
다 괜찮습니다.
끝없는 정진은
끝없는 내려놓음입니다.
알아차림을

절대 포기하지 않으면

다 괜찮습니다.

생각이 계속 일어나는 것은 자연스러운 것입니다. 생각을 안
일어나게 하는 것이 아니라 생각을 해탈시키는 것이 중요합
니다. 어떻게 하느냐면 생각이 이어지지 않게, 그냥 일어나고
사라지게 단순한 마음에 머무는 것입니다. 생각의 바퀴를 굴
리지 않으면 생각이 스스로 사라집니다. 마음의 조작으로 내
면의 고요함을 버리지 않으면 내재된 평온을 유지할 수 있습
니다.

– 딜고 켄체 린포체

자신을 위한 연민

스스로에게 친절하라는 것은 자신의 허물을 용납하는 것이 아닙니다. 왜 잘못을 하는지 이해하는 것입니다. 나쁘다고 판단하지 않고 인간의 습관이라는 것을 이해합니다. 이해하면 용서가 옵니다. 이것이 자신을 위한 연민입니다.

자신을 적으로 대하면 습관에서 벗어나기 쉽지 않습니다. 이해를 하고 인정을 하면 벗어나게 됩니다. 이것이 깨달음의 의미이며 깨달음과 해탈은 동시에 일어납니다. 허물이 있다는 것을 몰라서 부인하거나 허물을 따져서 자신을 못살게 하는 극단적인 습관이 있습니다.

참회는 친절한 성찰, 중도입니다. 행동의 고통스러운 결과를 깊이 인정하는 것이 참회입니다. 더 이상 고통받고 싶지 않은 마음이 간절할 때 참회가 됩니다. 머리로만 알면 안 되고 뼛속까지 깊이 인정해야 합니다.

우주는 항상 우리 편

진정한 기도는 무엇을 바라는 것보다 온전히 믿고 내맡기는 마음입니다. 불보살님들은 우리가 필요한 모든 것을 이미 알고 계시기 때문입니다. 말하지 않아도 가피를 주시려고 우리의 신심만 기다리고 있습니다.

내려놓고 믿고 내맡김. 우리가 할 일은 본성을 온전히 믿는 것입니다. 완전한 신뢰에 엄청난 힘이 있습니다. 우주는 항상 우리 편이며 좋은 방향으로 밀어주고 있습니다. 다만 우리 아집이 비켜 줘야 합니다.

관세음보살님이 아십니다.
자비로운 관세음보살님이 다 아십니다.
관세음보살님이 아십니다.

자신을 믿어 보세요

수행은 노력하는 겁니다.

생각을 따라가지 않으려고

믿지 않으려고 하는 노력입니다.

우리는 못된 생각을 많이 해요.

우리는 생각이 아니에요.

우리가 우리의 생각이라면 우리는 정말 못됐어요.

생각을 믿고 따라가는 것이 업을 만들고 고통의 원인입니다.

생각을 중요하게 여기지 않고

생각을 믿지 않고

바른 말과 행동을 해야 합니다.

우리는 무엇이 바른 말이고 행동인지 즉각적으로 알고 있어요.

자신을 믿어 보세요. 자신감을 가지면 내면의 무한한 지혜를
활용할 수 있어요.

좋지 않은 생각은 어쩔 수 없이 일어나요. 좋은 생각이 일어나
게 하려면 오랜 수행이 필요해요.

하지만 좋은 말과 행동은 바로 할 수 있어요.

우리는 좋은 사람, 훌륭한 사람이에요. 그렇게 말하고 행하려
고 노력하면 돼요.

릴렉스와 알아차림

생각이 이어져서 감정이 되고 감정이 반복되어서 습관이 되고 습관은 성격을 만듭니다. 마음의 경향이 업Karma입니다. 생각은 두 가지 종류가 있습니다. 공부할 때나 계획할 때나 일할 때 머리를 써야 합니다. 이런 생각은 필요하고 우리를 괴롭히지 않습니다. 두 번째 종류의 생각은 저절로 일어나는 습관적인 생각입니다. 이 생각들을 버려야 합니다. 우리는 실상을 몰라서(무명), 좋은 것을 바라고(탐욕), 싫은 것을 거부합니다(분노 증오).

탐·진·치로 돌아가는 습관적인 마음에서 일어나는 생각을 믿고 중요하게 여기는 것이 모든 고통과 업의 원인입니다. 생각을 새롭게 만나는 법을 배워야 합니다. 우리는 생각과 너무 밀접한 관계를 맺고 있습니다. 감정으로 생각이 강력하게 이어질 때 간단한 처리법을 알려드립니다. RELAX 릴렉스 하는 순간 생각에서 놓이면서 알아차림이 생겨요. 힘을 뺄 때 알아차림(현존감)이 있는지 확인해 보세요. 알아차림 속으로 생각을 쉬는 것입니다. 감정이 지나갈 때까지 반복합니다. 생각에 초점을 두지 않고 릴렉스에 초점을 두는 것입니다. 릴렉스와 알아차림은 함께 있습니다.

지켜보고 기다려 보는 것

화가 나면 말하지 말고 힘을 빼고 기다려 보세요. 화가 난 상태에서 한 마디를 내뱉으면 두 마디가 되고 세 마디가 됩니다. 에고의 엉뚱한 이치로 분노를 정당화합니다. 화가 나서 하는 말은 다시 담을 수 없고 후회하게 됩니다.

화가 지나가고 하룻밤 자 보고 기다려 보세요. 할 말들이 많이 없어지고 말을 안 한 것이 잘 했다 싶을 겁니다. 분노도 미움도 지나가는 환영일 뿐입니다. 상호 작용할수록 더 커집니다. 생각할수록 커지고 말할수록 커집니다.

누구를 미워하면 그 미움이 온전히 우리 것이에요. 자신만 괴롭습니다. 다른 사람 때문에 고통스러운 것이 아니에요. 미움 때문이에요. 자신의 검은 마음으로 벌을 받고 자신의 순수한 마음으로 복을 받아요.

미움을 가지고 구체화하지 않으면 미움이 아무것도 아니에요. 금방 사라지는 환영이에요. 화가 나서 말하고 싶을 때 자갈을 물고 돌멩이처럼 가만히 있어 보세요. 기다려 보면 화가 저절로 풀려요. 구체화하지 않고 지켜보고 기다려 보는 것이 간단하지만 너무나 훌륭한 방편이에요.

마음

마음의 힘이란

마음을 의지대로 하는 것보다

장애와 어려움이 있는데도 앞으로 나아가는 능력을 의미합니다. 아픔과 비난과 손해와 고통을 환영(수용)할 수 있는 능력입니다.

마음의 시선을 안으로 돌리고

화두수행을 하기 어려운 이유는 무미건조하기 때문입니다. 사랑과 기쁨, 그리고 신심을 느끼기 어렵고 특별한 느낌이 없습니다. 사람들은 늘 많은 고통을 경험하기 때문에 수행하러 오면 평화와 사랑과 초월적인 경험을 바랍니다.

이런 경험에 대해 집착까지 생깁니다. 그래서 사람들은 만트라, 염불, 자비명상을 좋아합니다. 일상으로 돌아가면 다시 고통을 받다가 다시 수행의 자리를 찾습니다. 삶 자체를 수행으로 삼지 못하고 인생이 바로 수행이라는 것을 모르고 수행의 자리만 찾고 있습니다.

화두수행은 두 가지 큰 효과가 있습니다. 첫째 생각이 끊어집니다. 생각에 끌려가서 괴로운 마음의 습관이 작동하지 않습니다. 둘째 마음의 본성 자리를 체험하게 합니다. 고통이 없고 경계가 없는, 자유롭고 평화로운, 허공 같은 본성을 체험합니다. 화두참구법inquiry은 여러 가지가 있습니다. 쉽게 말하자면 밖으로 향하는 마음을 늘 안으로 돌리는 것입니다. 생각을 따라가지 않고 생각의 근원을 알아차리는 것입니다.

• 누가 생각하고 있나? 누가 앉아 있나? 누가 밥 먹고 있나?

누가 화를 내고 있나? 현재의 경험을 누가 하고 있나?

- 마음이 어디 있나? 마음이 분명히 없지는 않은데 마음이 어디 있나? 마음의 위치가 있나? 색깔이 있나? 모양은?

- 세 번째 방법은 개념으로 질문하지 않고 안쪽으로 보는 겁니다. 마음이 마음을 찾는 것입니다. 안으로 보고 그리고 마음을 쉽니다. 계속 안쪽으로 보려고 하면 상기가 되고 체험을 못 하기 때문에 마음의 시선을 안쪽으로 돌리고 쉬고relax 이것을 반복합니다.

- 마음이 어디서 왔나? 어디에 머무나? 어디로 가나?

이처럼 여러 가지 화두수행법이 있습니다. 모든 고통의 원인은 좋고 나쁘고 하는 분별심입니다. 분별심은 생각으로 드러납니다. 화두수행은 분별심을 무너지게 하고 나도 없고 너도 없는 실상의 마음자리를 체험하게 합니다. 체험의 깊이는 수행력에 따라서 다릅니다.

화두수행이 가장 높은 수행입니다. 가장 높은 수행자라면 화두수행만 해도 되지만 알아차림과 신심과 자비심을 기르는 수행을 화두수행과 함께하면 더 풍부하고 효율적입니다. 아남 툽텐 린포체님께 배운 화두참구법을 정리했습니다.

질투심 때문입니다

잘나가는 사람을 싫어하는 이유는 질투심 때문입니다. 분노나 집착은 분명해서 알아차리기 쉬운데 질투심은 미묘해서 알아차리기 어렵습니다. 상대방의 좋은 점이 하나도 안 보이고 비난하는 마음으로 나타납니다. 남의 공덕을 하찮게 여기고 인정하지 못합니다.

다른 사람의 행복에 불행한 것이죠. 이보다 천한 마음이 어디 있겠습니까. 악귀의 정신입니다. 다른 사람이 잘되는 꼴을 보지 못합니다. 질투심은 자신이 인정받고 싶은 숨은 동기에서 비롯됩니다. 명예욕이 많은 사람은 질투심도 많습니다.

질투심과 경쟁심도 비교하는 마음에서 비롯되었는데, 우리나라 사람들이 불행해하는 가장 큰 원인이라고 생각합니다. 질투심의 대치법인 수희찬탄(함께 기뻐하는) 수행을 소개합니다. 질투심을 알아차릴 때 상대방을 생각하면서 함께 기뻐합니다.

'이렇게 복이 있어서 얼마나 좋을까. 수희찬탄합니다. 더욱 복이 많아지고 더욱 행복해지기를.' 남의 공덕을 함께 기뻐하면 그 공덕이 우리에게 옵니다. 아주 쉽게 공덕을 쌓을 수 있는 뛰어난 방편입니다. 행복하거나 복이 있는 사람을 볼 때마다 마음으로 함께 기뻐하면 우리도 행복합니다. 남의 행복이 우리의 행복이 되면 행복할 때가 많아집니다.

수희찬탄 수행은 어려움이 없는, 시기와 질투를 바로 없애는, 공덕자량을 한꺼번에 갖게 하는 너무나 훌륭한 수행입니다. 지금부터 잘나가는 사람, 돈 많은 사람, 예쁜 사람, 행복한 사람을 볼 때마다 수희찬탄해 보시겠어요? 잃을 것 없이 참된 행복의 원인입니다.

힘든 세상에 누가 작은 행복을 찾았으면 함께 기뻐할 만하죠. 행복은 같이 이루는 것입니다. 당신이 행복하면 나도 행복합니다.

셋
• • •
당신도, 나도
괜찮아요

이 순간을 지켜보세요

명상할 때 지루한 이유는 주의를 온전하게 기울이지 못하기 때문입니다. 마음이 산란한 상태에서 산란할 거리가 없으면 지루함을 느낍니다. 한 가지 대상에 온전히 주의를 기울이면 지루하지 않습니다.

예를 들면 조류학자들이 거의 움직임이 없는 새 둥지를 몇 시간씩 흥미롭게 지켜볼 수 있는 까닭은 주의를 온전하게 기울여 자세히 보기 때문입니다.

몸이나 호흡이나 마음의 미묘한 움직임을 자세히 지켜본다면 전혀 지루하지 않습니다. 지루함은 알아차리려는 의지가 약해져서 나타난 초조한 마음의 표현입니다. 마음먹고 이 순간을 지켜보세요. 알아차림이 너무 재미있고 지루할 틈이 없을 겁니다.

아남툽텐 린포체님께 배운 원리를 정리했습니다.

화가 나게 허용하세요

분노가 꼭 나쁜 것은 아닙니다. 시기 질투는 백 퍼센트 안 좋지만, 분노는 필요할 때도 있습니다. 누구에게 부당한 일을 당했을 때 화가 나는 것은 정당합니다. 분노는 상대방의 행동이 옳지 않다는 항변입니다. 분노는 치유 과정에서 스스로를 존중하는 표현이 될 수 있습니다.

하지만 분노의 대상을 사람으로 하면 안 됩니다. 행동이나 상황에 분노할 수 있습니다. 사람과 행위를 분리할 줄 알아야 합니다. 상대방을 생각하는 마음으로 화를 내는 것은 괜찮습니다. 좋지 않은 행동에서 벗어나기를 바라는 마음으로 분노할 수 있습니다.

나에게 잘못했다는 것을 표현하기 위해 분노하는 것은 치유가 됩니다. 분노는 에너지입니다. 사람에게 향하지 말고 분노 자체를 알아차려 보세요. 화가 나게 허용하세요. 분노를 생생하게 느껴 보세요. 화가 나도 답답해도 괜찮습니다. 티베트 불교에는 분노하는 부처님들이 많이 계십니다. 지혜와 사랑은 때로는 분노로 표현될 수 있습니다.

죽음이 주는 선물

- 죽는 과정을 잘 보살펴 주는 것이 우리의 할 일입니다. 우리 뜻대로 하는 게 아니라 죽는 과정을 지켜보고 지지해 주는 것입니다. 무엇을 안다고 기대를 가지고 행동하면 환자에게 해가 될 수 있습니다. 열린 마음으로 상황에 맞게 행하는 것이 중요합니다. 우리가 주인공이 아니라 죽는 사람이 주인공입니다. 환자를 돌보는 것을 에고의 자랑거리로 만들지 마세요.

- 욕을 먹을 줄 알아야 합니다. 환자는 몸이 약해서 남을 탓하고 화도 쉽게 냅니다. 이것은 환자의 마음이 아니라 아프다는 표현입니다. 환자를 돌볼 때는 자신의 에고를 바로 내려놓을 줄 알아야 합니다.

- 죽어 가는 사람을 돌보는 게 고귀하지도 아름답지도 않습니다. 불쾌하고 힘들고 깨끗하지 못할 수 있습니다. 아프고 답답할 수도 있습니다. 스스로에게 지극히 친절해야 합니다. 아파도 힘들어도 답답해도 괜찮습니다.

- 환자를 잘 보살피려면 자신을 잘 보살펴야 합니다. 무리하면 자신에게도 환자에게도 도움이 되지 않습니다.

- 죽음을 준비하는 환자가 용서하고 내려놓고 미래에 대해

희망을 갖는 것이 중요합니다. 이생에 대한 용서와 미래생에 대해 희망을 갖도록 지원해 주는 것이 우리가 할 일입니다. 적극적으로 하는 것보다는 마음으로 합니다. 말을 하게 되면 매우 조심스럽게 지혜롭게 해야 합니다.

- 가는 사람을 붙잡으면 잘 가지 못합니다. 사랑으로 보내드리고 우리는 괜찮을 거라고 안심시키면서 도와드립니다. 늘 고맙고 늘 사랑할 것이라고 잘 가시라고 순수하고 안정된 마음을 가집니다.

- 임종할 때 환경이 무척 중요합니다. 소란스럽고 복잡하면 죽는 사람에게 크게 해가 될 수 있습니다. 평화롭게 죽는 것이 몹시 중요합니다. 독방이나 집에서 임종하는 것이 이상적입니다.

- 환자가 고통 없이 미련 없이 편안하게 갈 수 있도록 마음으로 기도합니다. 기도는 도움이 됩니다.

- 몸은 죽어 떠나지만 우리 마음 안에서는 죽지 않습니다. 환자의 삶을 축하하고 긍정적으로 보는 것이 중요합니다. 환자도 우리도 내려놓고 감사와 사랑을 나눌 때입니다. 이것이 죽음이 주는 선물입니다.

기대 없이 부담 없이 옆에 있어 주고 불편한 반응만 안 해도 잘하는 겁니다. 모든 것을 내려놓고 희망을 잃지 않으면 됩니다. 힘들다는 것을 인정하고 생각을 굴리지 마세요. 사랑은 내려놓는 것입니다. 티베트불교 책에서 배운 내용입니다.

참된 행복의 원인

고통으로부터 도망가는 습관이 있습니다. 해결되지 못한 감정들이 쌓입니다. 태평하게 지내고 싶어서 어려움을 직면하지 못합니다. 점점 무감각해지고 어려움을 외면하고 삽니다. 어려움은 내면의 힘을 키울 수 있는 부처님의 가피입니다. 숨은 허물이 표면으로 올라옵니다. 습관을 알아차리는 것이 아프기도 하고 어렵습니다. 어려움을 통하여 사람이 됩니다.

어려움을 지혜롭고 자비롭게 다루겠다고 용기를 가져 보세요. 습관적으로 반응하지 않고 잘 알아차려서 공평하게 너그럽게 겸손하게 다루겠다고 결심하세요. 우리 안에 무한한 힘과 지혜와 자비가 있습니다. 용기를 가지면 얼마든지 해낼 수 있습니다. 용기는 집착하지 않고 포기하지 않는 마음입니다. 안 좋은 상황을 좋게 만드는 것이 용기입니다. 고통스러운 생각에서 벗어나게 합니다. 어려움은 좋은 것입니다. 도망가지 않는 한, 집착 없이 잘 다룰 수 있다면 큰 복이 됩니다.

갖고 싶은 것을 다 가지고 원하는 대로 다 되는 것이 행복의 원인이 아닙니다. 사람이 되는 것, 내면의 평화를 찾는 것, 마음의 습관을 닦는 것이 참된 행복의 원인입니다. 좋은 상황은 사람을 버립니다. 안 좋은 상황은 사람을 만듭니다.

그냥 존재하세요

미워하는 사람에게 자비심을 안 가져도 됩니다. 미움만 키우지 마세요. 미움에 신경만 안 쓰면 되는 거죠. 자비심을 가질 수 있다면 좋지만 일부러 억지로 자비심을 내는 것도 일입니다. 미움을 해결하려고 하면 더 힘들어져요. 정리하고 결론을 내려서 착한 마음을 가지는 것도 힘든 일이에요.

우리 에고는 못된 아이와 같아요. 신경을 쓸수록 계속 소란을 피우고 내버려 두면 조용해져요. 미움의 생각을 내버려 두고 기다려 보는 겁니다. 기다리는 마음에 상당한 혜택과 평화와 지혜가 있습니다.

미움을 잠깐 중지시키세요. 기다려 보면 저절로 해결되는 경우가 대부분이에요. 미워할 필요 없고 안 미워할 필요도 없는 거예요. 더 쉽고 직접적이고 효율적인 답이 없어요. 미워하지도 않고 안 미워하지도 않고 그냥 존재하세요.

Don't be bad.

Don't be good.

Just be.

가슴을 따르세요

일체 신경을 안 쓰는 예술을 해 보세요. 우리는 남의 눈치, 남의 시선, 남의 생각에 매달려서 삽니다. 남의 마음보다 자신의 마음이 제일 중요합니다. 다른 사람이 우리를 좋아하든 말든 우리 일이 아닙니다. 칭찬하든 비난하든 이미 죽은 사람을 말하듯이 신경 쓰지 마세요.

무엇을 해도 우리를 욕하는 사람이 있습니다. 동시에 우리를 칭찬하는 사람도 있다는 것을 잊지 마세요. 자신의 마음에 신경 쓰세요. 잘하고 있는지 못하고 있는지 자신이 제일 잘 압니다. 양심(내재의 지혜)으로 살면 됩니다.

중도가 중요합니다. 지나치게 남의 눈치를 보는 것도 좋지 않지만 부끄러움 없이 제멋대로 사는 것도 좋지 않습니다. 자신감을 가지세요. 스스로 만족하고 가슴을 따르세요. Follow your heart. 자유와 창의성을 자신 있게 표현하는 사람이 멋있어요. 스스로 잘하면 남들도 인정합니다.

Have confidence.

Live free.

Be kind.

행복과 깨달음

행복을 찾지 말고 기다리지 말고
행복을 표현하세요.
행복은 만족하고 평화롭고 깨어있는 마음의 자연스러운 표현
입니다.
행복으로 가는 게 아니라 행복 자체가 도道입니다.

깨달음을 구하지 말고 기다리지 말고
깨달음을 표현하세요.
깨달음은 열려 있고 자유롭고 깨어있는 마음의 자연스러운
표현입니다.
깨달음으로 가는 게 아니라 깨달음 자체가 도입니다.

자기 자랑 그만하세요

다른 사람이 자기 자랑할 때 너무 좋아하지도 싫어하지도 말고 상대방의 인정받고 싶은 마음을 이해해 주세요. 누가 우리를 칭찬할 때 오만하게 행동하지 말고 겸손한 척하지 말고 덕을 알아볼 수 있는 상대방을 인정하세요. 예쁘게 봐주셔서 감사하다고 하세요.

다른 사람이 누구를 칭찬할 때 아니라고 오만하게 하지 말고 찬성하세요. 좋은 말을 하는 것은 지지하고 함께하세요. 칭찬은 주로 뒤에서 하는 것이 좋아요. 앞에서 하면 아부같이 느껴지고 사람을 오만하게 할 수도 있어요. 자존감이 낮고 열등감이 있는 사람에게는 직접 칭찬을 해도 좋고요.

자기 자랑 그만하세요. 인정받고 싶어서 자랑을 하지만 자랑하는 사람은 결국 인정을 받지 못하고 다른 사람을 피곤하게 해요. 누가 남을 흉볼 때는 맞장구치지 말고 오만하게 흉보는 사람을 비판하지도 마세요. 험담에 끼지 않는 사람은 결국 존경을 받아요. 상대방도 남들도 그 누구도 판단하지 마세요. 사람들은 자기도 모르게, 자신이 행복하지 못해서, 습관적으로 말실수를 해요. 좀 봐주시고 사람들의 허전하고 아픈 마음을 인정하세요.

바보 같은 짓

하기 싫은 것을 계속하는 것은 인욕수행이 아니라 고문입니다. 자비수행도 할 수 있는 만큼 하는 것입니다. 한계를 넘어서 억지로 하는 것은 바보 같은 짓입니다. 스스로 잘 판단해서 선택해야 합니다. 남의 말보다 자신을 의지하십시오.

우리는 남을 도울 수 있는, 수행할 수 있는 한계가 있습니다. 한계 안에서 남을 돕고 보시를 하고 수행을 하는 것이 중요합니다. 자신을 잘 보살펴서 수행력과 자비심을 키우면 더 큰 범위로 남을 도울 수 있습니다. 자비심은 무리하는 것이 아닙니다. 약한 마음도 자비심이 아닙니다.

스스로 생각하세요

스스로 생각하는 것을 배우는 것이 중요합니다. 우리 모두에게는 내재된 지혜가 있습니다. 우리는 지혜로운 존재입니다. 자신감만 가져도 큰 도움이 됩니다. 자신의 경험으로 스스로 판단할 수 있습니다. 누가 뭐라고 해도 자신이 가장 잘 압니다. 다른 사람의 말을 잘 듣되, 자신의 경험으로, 자신의 지혜로 생각하자는 것입니다.

고정된 개념으로 살지 않고 이 순간에 살아 있는 지혜로 살자는 것입니다. 마음을 열고 직관에 의지하세요. 예를 들면 배가 안 고픈데 먹는 것은 지혜롭지 않습니다. 몸의 지혜도 있습니다. 내면의 지혜를 존중하는 것을 배워야 합니다.

엉뚱한 정보가 너무 많아요. 우리에게 좋은 조언을 주는 사람이 많지 않아요. 무조건 남의 말을 듣는 것보다 스스로 생각하세요. 지혜롭게 판단할 수 있어요! 자신을 믿으세요.

유일한 약

요즘 수행자들은 지식만 채우고 명상하지 않습니다. 법회를 좋아하고 여기저기서 지식을 모으고, 모르는 게 없어요. 가장 높은 법까지 다 알지만 명상 체험이 없어요. 여전히 마음이 산만하고 진정한 행복을 맛보지 못해요. 무엇을 안다고 생각하면서 말하는 것만 좋아해요.

이치만 따져서 뭘 할 수 있을까요? 많이 알아서 몸이나 마음이 편안합니까? 배고픈 사람은 밥을 먹어야지 메뉴만 계속 보고 있으면 도움이 안 됩니다.

처음에는 명상 지식을 배워야 하고 깊이 숙고해야 합니다. 하지만 어느 정도 알게 되면 수행을 해야 합니다. 수행은 지식을 쌓는 게 아니라 지식을 버리는 것이에요. 우리가 절실히 필요한 것이 명상 시간과 체험입니다. 이것이 유일한 약입니다. 언제나 고요함 속에 답이 있어요. 내려놓음 속에 모든 것이 해결돼요. 버림 속에 평화가 있어요.

가장 높은 가르침은
좌선 좌선 좌선
명상 명상 명상

수행 수행 수행

입니다.

Just do it!

Just practice!

늘 가능합니다

이 순간에 있는 그대로 온전히 늘 만족하는 것을 배워야 합니다. 많이 달라져서 행복을 갖는 것보다 이 순간에 늘 존재하는 평화를 알아볼 수 있어야 합니다. 생각을 쉬면 이미 행복이 있습니다. 알아차림이 있으면 자유가 있습니다. 저항이 없으면 평화가 있습니다. 이미 있는, 조건 없는 행복과 연결하는 것입니다.

늘 가능합니다. 행복을 찾지 말고 행복으로 존재하는 거죠. 자유를 찾지 말고 자유에 머무는 것입니다. 하는 것보다 존재하는 겁니다. 그저 존재하는 것, 그저 쉬는 것에 익숙해지는 겁니다.

앉을 때는 깨달음을 추구하는 게 아니라 깨달음 속에 있는 것입니다. 걸을 때는 자유 속에 걷습니다. 말할 때는 평화를 전합니다. 일체 붙잡을 것 없고 일체 가식이 없습니다. 온전히 자연스럽고 자유롭고 열려 있습니다.

알아차림 속에 머무세요

분노 증오는 지나갑니다.

지나가는 현상에 마음을 쏟는 것은 시간 낭비입니다.

지나가고 말 것은 내버려 두세요.

지나가지 않은 알아차림에 마음을 두세요.

생각과 감정은 늘 변하고 있어요.

변하는 것에 신경 쓰지 마세요.

저절로 사라지게 내버려 두세요.

신경 쓸수록 더 힘들어져요.

변하지 않는 알아차림 속에 머무세요.

변하는 현상에 얽매이는 것이 윤회입니다.

변치 않는 알아차림 속에 머무는 것이 열반입니다.

몸을 비워 주는 것

몸이 아프면 굶으라는 말이 있습니다. 한 번씩 한 끼 두 끼 먹지 않고 따뜻한 물만 마시면 몸이 저절로 회복되고 균형을 찾습니다. 배도 안 고픈데 아침을 먹으면 몸이 부담스러워합니다. 계속 소화하느라고 몸이 쉬지 못해요. 몸을 비워 주는 것이 몸이 스스로 회복할 수 있게 도와주고 마음도 편안하게 합니다.

기다려 보세요

모든 것은 때에 맞게 자연스럽게 이루어집니다.

꽃이 피듯이 삶의 경이로운 환영을

마법같이 현현하게 허용하세요.

마음을 열고 기다려 보세요.

이 순간의 단순함을 즐겨 보세요.

너무 많은 계획을 하지 마세요.

미래는 알 수 없어요.

삶의 역동적인 흐름을 허용하세요.

자신과 남과 환경에 친절하세요.

마음이 부정으로 가지 않도록 늘 잘 살피세요.

이 순간에 마음을 쉬고 남을 잘 보살피세요.

마음의 힘

성공하는 사람과 성공하지 못하는 사람을 구별하는 한 가지 자질은 무엇일까요? 진정한 어른이 되게 하는 한 가지 성품은 무엇일까요? 인생을 수월하게 하고 보람 있게 하고 행복하게 하는 한 가지 자질은 무엇일까요? 평정심입니다.

기쁨이 있든 슬픔이 있든
행운이 있든 불행이 있든
좋을 때도 안 좋을 때도
균형 있는 마음으로
그냥 사는 것이에요.

생각을 너무 많이 하지 않고 그냥 일어서고 그냥 하고 그냥 앞으로 나아가는 겁니다. 평정심이 마음의 참된 힘입니다. 평정심은 좋은 상황과 안 좋은 상황의 무상함을 이해하는 것입니다. 평정심은 흥분에 들뜨지 않고 좌절에 빠지지 않는 것입니다. 평정심은 좋은 것과 안 좋은 것에 속지 않는 지혜입니다. 평정심은 절대 포기하지 않는 마음입니다. 평정심은 어떤 경우에도 당황하지 않고 그냥 사는 것입니다.

늙어 가는 장점 열 가지

- 철이 든다. 어리석은 행동은 덜하고 더 성숙해진다.
- 경험이 많아서 지혜가 있다. 노하우가 생겨서 삶을 평이하게 살 수 있다.
- 마음이 너그럽다. 덜 쩨쩨하고 젊었을 때 좁았던 마음이 넓어진다.
- 욕심이 줄어서 방황하지 않는다. 욕심을 내서 망해 봤기 때문에 마음이 단순해졌다. 만족할 줄 안다.
- 순해져서 남의 잘못을 봐줄 수 있다. 남을 바꾸려고 하다가 고통받은 적이 있어서 이젠 다른 사람을 있는 그대로 받아들인다. 우리가 부드러워진 것이다.
- 물질적인 욕망도 줄었고 세속적인 추구의 허망함을 깊이 안다. 물질적인 것보다 마음의 평화를 선호한다.
- 식습관도 좋아지고 몸 관리도 더 잘한다. 자신의 몸을 잘 아는 것이다.
- 자신에 대한 기대도 줄어서 자신과의 관계도 평화롭다. 한계를 알아서 자신을 있는 그대로 받아들인다.
- 겸손하다. 고달픈 삶으로 머리가 숙어진 것이다.
- 몸은 늙어 가지만 마음은 훨씬 더 좋아진 것이다. 옛날과

완전 다른 사람이다.

인생 경험이 정말 소중합니다. 우리는 고통으로 사람이 좀 된 겁니다. 반복적인 실수로 삶을 더 친절하게 즐겁게 사는 방식을 찾아낸 거예요. 늙어 가는 우리, 얼마나 좋아요. 인생 지혜를 소중하게 여기고 이제 죽을 준비를 잘해야죠. 뒤를 보지 말고 앞을 봐야죠. 잘 죽기 위해서 남은 인생을 수행으로 잘 회향해야죠.

　젊었을 때는 eat, pray, love
　나이 들어서는 pray, pray, pray

있는 그대로

다른 사람을 바꾸려고 하지 마세요. 있는 그대로 받아들이세요. 이것이 다른 사람을 바꾸는 방법입니다. 자신을 바꾸려고 하지 마세요. 자신을 있는 그대로 받아들이세요. 이것이 자신을 바꾸는 방법입니다. 삶을 바꾸려고 하지 마세요. 있는 그대로 받아들이세요. 이것이 삶을 바꾸는 방법입니다.

당신도, 나도 괜찮아요

'못한다. 모자란다. 할 수 없다.'

누그러지지 않은 목소리가 평생 저를 따라다녔습니다. 저는 한국에서 태어나 1978년까지 자그마한 시골 마을에서 살았어요. 그때까지는 별 개념 없이 행복하게 살았습니다. 그러다 아홉 살 때 미국으로 건너갔어요. 나의 나라가 아닌 외국 땅에서, 외국인으로 살면서 열등감이 생겼어요.

텔레비전에는 나처럼 생긴 사람이 없고, 옷도 안 맞고, 머리카락을 잘 깎아 주는 사람도 없었어요. 떠나지 않는 불안이 생기면서 자의식도 강해졌어요. 감정이 쌓이고 머리도 복잡해졌어요. 그런데 인생의 낙오자로 가는 도중에 불교를 만나서 희망이 생겼어요. 혼을 되찾은 느낌이었어요. 내가 생각한 내가, 내가 아니라는 것을 점점 알게 되었어요. 무엇을 해서, 무엇을 이루어서 가치가 있는 게 아니라 살아 있는 존재라면 가치가 있다는 것을 알게 되었어요.

왜 못한다고, 모자란다고, 가치가 없다고 생각할까요? 습관적으로 하는 생각을 믿고 따라가기 때문이에요. 그런데 생각을 따라가다 보면 분노, 스트레스, 슬픔, 우울, 불안, 두려움들이 일어납니다. 마음에서 일어나는 생각과 감정이 엉키면서 이런 것들이 생기는 것입니다. 생각이 고통을 만듭니다.

행복은 무엇입니까? 생각과 감정으로부터 자유로운 것입니다. 고요하고 명료한 마음입니다. 바로 청정한 본마음입니다. 청정한 마음이 조건 없는 참된 행복이며 우리의 본성입니다. 청정한 마음을 어떻게 알 수 있을까요? 명상입니다. 명상은 마음에서 일어나는 생각에서 벗어나는 기술입니다. 생각을 내버려 두면 분노, 원한, 슬픔, 억울함, 불안이 일어나지 않습니다. 생각에 끌려가는 만큼 고통이 있고 생각을 내려놓는 만큼 행복과 평화가 있습니다.

생각에서 자유로운 것이 진정한 자유입니다. 생각은 우리가 아닙니다. 구름은 하늘이 아니고 하늘에서 일어나는 현상일 뿐입니다. 생각과 감정도 우리가 아니고 마음에서 일어나는 현상일 뿐입니다. 늘 우리를 속이는 환영이며 고통을 만드는 망념입니다. 생각을 놓으면 청정한 마음, 참된 행복, 우리의 본성을 만날 수 있습니다. 청정한 마음으로 살면 세상이 아름답고 인연들이 소중하고 불안, 슬픔, 원한, 모든 고통에서 벗어나 자유롭습니다.

'못한다. 모자란다.' 아직까지 목소리가 들려요. 하지만 더이상 믿지 않아요. 나는 행복할 수 있어요. 나는 가치가 있어요. 더 나아지지 않아도 지금 있는 그대로 내 자신이 좋아요. 행복은 먼 미래에 가질 수 있는 게 아니라 지금 만족하고 감사하는 삶을 사는 것일 수 있어요. 우리는 이미 행복해요. 이미 깨달았어요. 알아보지 못할 뿐이에요. 행복을 찾지 않고 행복을 기다리지 않을 거예요. 행복을 품고 자비를 베풀며 현명하게 살고 싶어요. 할 수 있어요!

잡념만 없으면 언제나 괜찮아요.
머릿속의 목소리를 믿지 마세요.
새로운 목소리를 만들어 보세요.
할 수 있어요!
모자라지 않아요.
있는 그대로 좋아요.
자신감이 전부예요.
세뇌가 필요해요.
가치가 있어요.
행복할 수 있어요.
이미 행복해요.
지금 있는 그대로 당신도,
나도 괜찮아요.

진정한 벗

사람의 말과 행동을 판단하는 것보다

마음을 이해하려고 하세요.

답답해서 외로워서 아파서 안 좋은 말과 행동을 합니다.

바꾸려고 하지 말고 이해만 해 주세요.

말과 행동을 넘어서 아픈 마음을 공감해 주세요.

조언보다 함께 있다는 것을 보여 주세요.

이해와 사랑이 마음을 치유합니다.

이처럼 진정한 벗이 되어 주세요.

그냥 사세요

누구 되려고 하지 마세요. 아무도 되지 마세요.

누구 되려고 하는 것이 힘들어요.

될 수도 없어요.

허망한 바람을 버리면 되고자 하는 사람이 이미 되어 있다는 것을 점차 알게 돼요.

너무 열심히 살려고 하지 마세요.

그냥 사세요.

열심히 살아야 한다는 생각 때문에 힘들어요.

못하고 있는 자신이 싫어요.

별 개념 없이 그냥 사세요.

그냥 살고 있는 자신이 뿌듯하고 감사하는 마음이 저절로 일어나요.

다 내려놓으세요

수행의 핵심이 뭘까요? 개념 없는 마음으로 사는 것입니다. 생각을 내려놓고 생각 없는 깨어있음을 유지하는 것입니다.

수행의 결과는 뭘까요? 바라보는 눈길이 좋아집니다. 자신과 남들과 세상에 대한 불만이 없어져요. 그리고 행복할 수 있다는, 변할 수 있다는 희망이 생겨요. 이게 전부예요.

왜 이리 비판과 잔소리가 많습니까? 왜 이리 생각에 집착합니까? 무슨 소용이 있습니까? 다 내려놓으세요. 개념 없이 청정한 마음으로 사는 것이 우리의 수행입니다.

생각의 구속으로부터

너무 착하게 살려고 하지 마세요.

착한 마음에 집착하는 것도 스트레스예요.

사실 우리는 이미 착해요. 늘 착한 마음을 가지려고 안 해도 돼요.

자연스럽게 마음을 열고 자유롭게 하세요. 선량함이 저절로 드러나게 허용하세요.

나쁜 생각은 쇠사슬이고 좋은 생각은 금사슬이에요. 둘 다 자유롭지 못해요.

어리석은 사람은 나쁜 생각을 해서 지옥으로 가고 어리석은 사람은 좋은 생각을 해서 천당으로 가고 지혜로운 사람은 둘 다 초월해서 해탈한다고 합니다.

편안하고 청정한 마음으로 사는 것이 비결이에요. 생각을 쥐고 있는 한 긴장이 있어요.

생각이 없는 것이 진정한 행복입니다.

생각이 없는 것이 진정한 자유입니다.

순간순간 편안하고 열려 있고 광활한 마음으로 살 수 있다면 엄청난 힘이 일어나게 됩니다. 이것이 생각의 구속에서 자유로워진 마음의 자연 상태입니다.

수행자가 포기해야 할 여섯 가지

- 윗사람의 의지를 무조건 따르는 것. 하기 싫은데도 계속 순종하는 것. 우리는 노예가 아닙니다. 윗사람을 행복하게 할 의무가 없어요.

- 세속 일을 하기 위해서 친지에게 돈을 빌려주고 몸으로 고생하는 일은 힘만 들고 돈과 시간 낭비입니다. 윤회의 악순환을 도와주는 겁니다. 부처님의 법과 인연 맺게 해야죠. 돈이 있으면 어려운 사람을 도와주세요.

- 다른 사람의 인정과 사랑을 받기 위해 무엇을 해 주거나 선물을 주는 것은 자비심이 아니라 약한 마음입니다. 나를 좋아해 달라고 뇌물을 주는 겁니다. 내 솜씨를 보여주고 나를 인정해 달라고 하는 것은 세속 사람들이 하는 부질없는 추구입니다.

- 다른 사람에게 도움이 될 수 있다는 망상. 자신에게도 도움이 되지 못하면서 다른 사람을 돕는다는 건 망상이며 오만입니다. 다른 사람에게 해 줄 수 있는 최선은 이해하고 공감해 주는 것입니다.

- 다른 사람의 충고를 무심코 따르는 것. 사람들은 우리에게 지혜로운 조언을 주지 못합니다. 부모도 친척도 친구

도 지혜롭지 못합니다. 사람의 말을 듣고 순종해서 결과가 좋지 않은 경우가 너무 많아요. 자신의 경험과 지혜로 스스로 잘 살펴서 판단해야 합니다. 오직 깨우친 스승님이 바른 조언을 주실 수 있습니다.

- 의무 때문에 가기 싫은 곳을 가고 하기 싫은 것을 하는 것. 관습을 꼭 따라야 하는 법은 없어요. 스스로 잘 결정하세요. 안 해도 돼요. 안 가도 돼요. 중심을 잡으세요.

남을 돕는 일과 세속 일을 하지 말라는 말은 아닙니다. 하지만 큰 의미가 없다는 것입니다. 무엇을 하든 가장 중요한 것은 순수한 동기, 자비심입니다. 자신과 남에게 가장 도움이 되는 것은 자신의 수행입니다.

포기하지 마세요

사랑은 남을 포기하지 않는 것
용기는 희망을 포기하지 않는 것
자신감은 자신을 포기하지 않는 것
수행은 알아차림과 자비심을 포기하지 않는 것입니다.
결코 포기하지 마세요.

습관적으로 일어나는 생각

습관적으로 일어나는 생각은 바람과 두려움에 의해서 일어납니다.

좋은 것을 바라고 가지려고 하고 안 좋은 것을 두려워하고 멀리하려고 합니다. 좋고 나쁘고 하는 분별심(이원성), 바로 바람과 두려움이 마음의 기본 습관입니다.

이것을 알면 일어나는 생각이 망상이라는 것을 알고 생각을 믿고 따라갈 가능성이 줄어듭니다.

생각만 바꾸면

술을 꼭 마셔야 합니까?

생각만 바꾸면 술을 안 마셔도 됩니다.

야식을 꼭 해야 합니까?

생각만 바꾸면 야식을 안 해도 됩니다.

나쁜 습관에 꼭 빠져야 합니까?

생각만 바꾸면 나쁜 습관에 안 빠져도 됩니다.

그 생각이 무엇일까요?

세 가지 '안'입니다.

'안' 해도 된다는 것

'안' 할 수도 있다는 것

'안' 하고 싶다는 것입니다.

정말 안 해도 되거든요.

정말 안 할 수도 있거든요.

술을 마시고 싶을 때

야식을 먹고 싶을 때

나쁜 습관에 빠지고 싶을 때

'안 하고 싶구나. 안 하면 되는구나. 다행이다'라는 것을 알게
되면

안 하는 것이 전혀 어렵지 않습니다.

안 해도 된다는 자신감이 전부예요.

세 가지 '안'으로 설득이 안 되면 하셔도 됩니다.

하지만 알아차리면서 적당히 하세요.

행복의 씨앗

행복감을 느끼기 위해서 수행하는 것이 아닙니다. 행복의 원인을 만드는 것이 수행입니다. 행복의 원인은 알아차림과 선한 마음입니다. 행복의 원인을 만들지 않고 행복만 바랍니다. 행복의 씨앗을 심어 놓으면 분명히 행복한 날들이 옵니다.

행복의 원인을 추구하세요. 농사를 지을 때 곧바로 결과를 얻을 수 없다는 것을 압니다. 수행도 마찬가지입니다. 수행에 어려움이 많습니다. 깨어있으면서 선한 마음을 보호하고 공덕을 쌓으면 보이지 않는 행복의 은행에 저축하는 것입니다. 한 달 열심히 일하면 월급 타는 날이 옵니다. 아집을 내려놓고 자비심과 알아차림을 계속 기르세요. 기대 없이 선한 마음을 고집하십시오. 낄룽 린포체님께 배운 법문을 정리했습니다.

체험이 깊을수록 말을 하지 않습니다

명상 체험을 하면 바람과 기대가 생깁니다. 체험에 집착해서 장애가 됩니다. 체험은 마장이라고 스승들이 항상 경고합니다. 수행의 길에서는 여러 체험을 할 수 있습니다. 마음이 열려서 마음의 가능성을 맛보게 됩니다. 신통이 잠시 생길 수 있고, 무엇이 열린 것처럼 몸 안에 기가 움직일 수 있고, 무엇이 보이거나 들릴 수 있고, 다 아는 것처럼 마음이 명료하거나 세상이 무너져도 괜찮은 광대한 평화를 체험할 수 있고, 생각 없이 알아차림이 이어질 수 있고, 다른 사람의 마음을 읽을 수 있는 것 같고, 사람의 기운을 느낄 수 있는 것 같고, 관세음보살이 우리에게 메시지를 전하는 것 같고, 내가 선택받은 사람처럼 특별하다고 생각할 수 있습니다.

이 모든 것이 중요하지 않습니다. 중요하다고 여기면 바람이 생겨서 마장에 빠집니다. 한 소식했다고 평생 한 체험만 집착하는 사람이 있습니다. 특별한 경험을 한 뒤 기회를 놓친 것처럼 아쉬워하고 우울해합니다. 체험을 확인하려고 만나는 스승마다 물어보고 평생 집착합니다. 내려놓을 때가 되지 않았나요? 놓친 것이 없어요. 높은 경지의 체험은 쉽게 없어지지 않습니다. 마음의 본성자리를 짧게라도 체험하면 평생 도움이 됩니다. 깨달음은 쉽게 없어지지 않습니다. 명상 체험이 중요한 것이 아니라 마음의 변화가 중요합니다. 마음의 가능성은 약해지지 않습니다.

한 소식 했으면 잊어버리세요. 누구에게도 말하지 마세요. 에고의 자랑거리로 만들지 말고 집착해서 마장에 빠지지 마세요. 없었던 일로 하세요. 체험이 깊을수록 말을 하지 않습니다. 한 소식 안 했으면 한 소식을 바라지 마세요. 부질없는 마장을 왜 바라세요? 바랄 것이 있으면 마음의 변화를 바라세요.

기대 없이 수행하는 것이 중요합니다. 사실은 바람과 기대를 닦는 것이 수행입니다. 수행으로 변함없는 마음의 평화를 이루세요. 이것은 노력과 시간이 필요합니다. 오직 이 순간 우리가 있는 자리에서 시작할 수 있습니다. 수행한다는 것은 차크라가 열리고 신비한 체험을 하는 것이 아니라 아집을 닦고 겸손해지는 것입니다.

네 가지 착각

- 순수하지 못한 것을 순수하다고 착각합니다. 남자의 몸이나 여자의 몸에 집착하거나 물건에 집착하는 이유는 대상이 순수하다고 생각하기 때문입니다. 허물이 안 보이고 행복의 원인이라고 착각합니다. 습관적으로 좋아할 뿐이며 대상은 깨끗하고 순수하지 못합니다. 바깥 어떤 대상도 참된 행복의 원인이 아닙니다. 우리가 갈망하는 몸도 비싼 물건도 허물이 있습니다. 허물을 알아차리면 집착에서 놓여납니다.

- 고통을 행복으로 착각합니다. 감각적인 즐거움을 경험하면 뇌에서 도파민이 분비되어서 즐거움을 느낍니다. 즐거움을 반복하려고 감각적인 즐거움을 추구합니다. 다음번에는 더 깊이 가야지 비슷한 즐거움을 경험할 수 있습니다. 이렇게 반복해서 감각적인 즐거움을 의지하고 행복이라고 착각합니다. 중독성이 생겨서 우리를 노예로 만듭니다. 술도 남녀관계도 모든 감각적인 즐거움은 취할수록 갈증이 더 심해집니다. 감각적인 즐거움 자체가 나쁜 것이 아니지만 행복으로 착각하고 집착이 생겨서 고통을 만듭니다. 명예와 돈과 세속적인 모든 추구는 행

복을 약속하는 것 같지만 결국 고통을 줍니다. 우리를 유혹하고 속여서 부질없는 것을 좇게 만들어서 이생을 허비하게 합니다. 이를 알고 참된 내면의 변함없는 행복을 추구하십시오.

- 무상한 것을 영원하다고 착각합니다. 우리가 경험하는 모든 행복과 고통은 지나갑니다. 행복이 있을 때도 고통이 있을 때도 영원할 줄 알고 그것에 집착합니다. 모든 것은 늘 변하고 움직이는 유동 상태입니다. 알아차림이 있으면 이것을 알고 점차적으로 무상함을 더 깊이 터득합니다. 무상함을 알면 무아와 공성도 따라서 알게 됩니다.

- 자성이 없는 것을 자성이 있는 것으로 착각합니다. 자신도 현상도 스스로 독립적으로 따로 존재한다고 생각합니다. 모든 것이 서로 연결이 되어 있으며 상호 의존해서 존재하는 것을 알아차리지 못합니다. '나'라는 존재도 몸을 의지해서 일시적으로, 이름으로만, 환영처럼 존재할 뿐입니다. 하지만 나를 따로 독립적으로 변함없이 하나로 존재한다고 착각해서 나한테 집착하고 나만 아끼게 됩니다. 나도 어떤 것도 자체적인 정체성, 내재의 독립적이고 영원한 존재함이 없습니다.

실상을 몰라서 집착을 하고 고통을 받습니다. 알아차림을 통하여 착각에서 벗어나 지혜와 마음의 자유를 가질 수 있습니다.

아무것도 아니다

공성은 아무것도 아니라는 말입니다. 생각으로 무엇을 만들지
않으면 아무것도 아닙니다. 예를 들면 화가 날 때 화는 화난
대상에 있지 않고 화내는 사람에게 있지 않고 그 사이 어디에
도 있지 않습니다. 화가 나타나지만 어디에도 없습니다. 화의
공한 본질을 몰라서 화에 집착해서 고통을 만듭니다. 화를 내
버려 두면 아무 일이 없습니다. 모든 감정이 이와 같습니다.
어떤 일이 있어도 공성의 만트라를 외워 보세요. 아무것도 아
니다. 아무것도 아니다.

정말 아무것도 아니거든요. 내버려 두면 다 괜찮아요. 생각
을 굴리지 않으면 별일이 없어요. 감정은 느낄 수는 있지만 어
디에도 있지 않습니다. 지각할 뿐입니다. 마음에서만 존재합
니다. 마음은 공성입니다. 감정의 독립적인 영원한 존재함은
없습니다. 없다는 것이 공하다는 것입니다. 어떤 일이 있어도
스스로에게 알려 주세요. 아무것도 아니다. 공성으로 사라지
게 내버려 두세요.

감정의 공성

감정의 공성을 알아차린다는 것은 감정을 외면하는 것이 아니라 직면하고 생생하게 느끼는 것을 의미합니다. 느끼면서 공한 본질을 알게 됩니다. 공하다는 것은 어디에도 있지 않고 일시적으로 나타난다는 것입니다. 스쳐 가는 바람처럼 느낄 수는 있지만 걸림이 없고 이내 지나갑니다.

감정을 내버려 두라는 것은 감정을 무시하는 것이 아닙니다. 감정에 중요성을 두지 않고 알아차림 속으로 생각을 쉬라는 것입니다. 감정은 그 자체로 좋거나 나쁜 정체성이 없어요. 변하지 않는 독립적인 존재함이 없어요. 없다는 것이 공하다는 것이에요. 행복감과 슬픔은 느낌일 뿐이고 본질적으로 같아요. 둘 다 공하다는 거예요.

꿈에서는 모든 본질이 똑같잖아요. 꿈이잖아요. 삶도 마찬가집니다. 삶도 본질이 똑같아요. 에너지일 뿐이에요. 다 마음이라는 것이에요. 감정은 공하지만 동시에 느껴집니다. 느껴지면서 공하다는 것이 공성의 의미입니다.

인간은 오감의 존재입니다. 당연히 보고 듣고 느끼며 살고 있습니다. 명상할수록 오감이 깨어나고 행복도 슬픔도 더 생생하게 순수하게 느끼면서 삽니다. 하지만 집착이 없어집니다. 행복을 너무 바라고 슬픔을 너무 싫어하지 않게 됩니다. 동시에 내면의 조건 없는 행복과 사랑을 더 많이 느끼면서 삶에서 깨어납니다. 삶과 수행이 하나입니다.

마음의 본성 명상의 세 가지

- 지견View은 이 순간에 마음을 쉬는 것, 매 순간 생각을 내려놓는 것, 경계 없는 고통 없는 마음자리에 안주하는 것, 현재 안에 있는 것, 허공처럼 걸림이 없으면서 알고 있는 자체에 머무는 것, 순수자각에 모든 것을 그 순간에 내려놓는 것, 무엇을 하지 않으면서 깨어있는, 그저 존재하는 것, 자연스럽게 조작 없이 마음을 쉬는 것입니다. 이론으로 지견의 뜻을 정확하게 알고 체험으로 길러야 합니다.

- 명상은 티베트말로 '곰'인데, 익숙해진다는 뜻입니다. 실천을 의미합니다. 지견에 전념해야 하고 이것만 결심합니다. 지견에 익숙해지고 지견을 체험으로 길러야 합니다. 온 마음을 다해 지견으로 향하지 않으면 생각하는 습관의 힘이 엄청나기 때문에 지견을 제대로 기르지 못합니다.

- 행은 지견이 삶에 스며들게 하는 겁니다. 지견을 몸에 배게 정착하는 것입니다. Stabilize. 본성(지견)으로 사는 겁니다. 생각을 풀어 주는(해탈하는) 과정을 의미하기도 합니다. 처음에는 생각을 내려놓기(풀어 주기) 어렵습니다. 점차 더 쉽게 생각을 해탈시킬 수 있습니다.

분별이 없는 것

최고의 기도는 온전한 내맡김이다.

최고의 사랑은 열린 가슴이다.

최고의 절은 절하는 사람과 절 받는 대상과 절하는 행위가 없는 것이다.

최고의 공양은 '나'가 없는 것이다.

최고의 품행은 가식이 없는 것이다.

최고의 명상은 행이 없는 것이다.

최고의 지혜는 분별이 없는 것이다.

마음의 정원에 꽃을 심으세요

'놓쳤다! 망했다! 끝났다!'

이렇게 드라마틱하게 생각하는 습관이 있습니다. 날마다 침소봉대針小棒大하는 거죠. 놓친 게 없어요. 끝나지 않아요. 망할 수 없어요. 우리에게 무한한 가능성이 있어요. 가능성을 약하게 할 수 없어요.

자신을 안 좋게 보고 다른 사람을 안 좋게 보고 상황을 안 좋게 보는 습관일 뿐이에요. 실제로 그렇다고 생각하는 것이 무지이며 망상이에요. 무지를 닦는 것이 수행이에요. 삶의 드라마가 늘 우리를 속여요. 인생 드라마가 TV 드라마처럼 실제로 있지 않다는 것을 깨우치는 것이 수행이에요.

한순간도 부정이 마음에 들어오게 허락하지 마세요. 바로 알아차려서 망상인 줄 알고 내려놓으세요. 늘 좋게 생각하도록 하세요. 잘하고 있는 것도 많아요. 여기에 초점을 맞추세요. 좋게 볼수록 힘이 되어서 더 잘하게 되어요.

마음의 정원에서 잡초를 뽑고 꽃을 심으세요. 아름다운 마음의 환경을 만들어 보세요. 그러면 세상도 아름답게 비춰 줄 겁니다. 스스로에게 약속하세요.

'결코 한순간도 부정을 마음에 침투하게 허락하지 않겠다!'

공성의 비유 아홉 가지

꿈처럼 오감으로 경험하는 모든 것이 실제로 있지 않다.

마음(지각)일 뿐이다.

영화 볼 때처럼 감정은 일어나지만

이야기가 실제가 아니라는 것을 안다.

마술처럼 보이는 것이 다가 아니다.

아지랑이처럼 보이지만 실제로 있는 것이 아니다.

메아리처럼 들리지만 밖에도 안에도 무엇이 있지 않다.

거울에 비치는 형상처럼 나타나지만 실체가 없다.

허깨비처럼 형상은 있지만 실제로 뭐가 있는 것이 아니다.

무지개처럼 볼 수는 있지만 어디에도 있지 않다.

홀로그램처럼 나타나지만 비어 있다.

불성 말고는 집착할 게 없어요

우리는 덧없는 인생과 상황에 집착합니다. 나는 의사다. 나는 박사다. 나는 아이를 잘 키웠다. 나는 부자다. 나는 어디에 산다. 나는 무엇을 했다. 우리 부모가 누구다. 아이가 성공했다. 부질없는 자부심으로 자신을 정의합니다. 인생의 좋지 않은 상황도 집착합니다. 나는 실패자다. 무엇을 한 게 없다. 부모가 부끄럽다. 아이가 공부를 못한다. 부질없는 열등감으로 자신을 정의합니다. 우월감에서 열등감으로 오만에서 수치로 왔다 갔다 합니다.

늘 변화하는 환영 같은 상황으로 자신을 정의할 필요가 없습니다. 사실 바깥 상황으로 우리의 가치가 좋아지지도 나빠지지도 않습니다. 변하지 않는 내면의 불성에 가치를 두세요. 우리의 가치는 무엇을 해서 무엇이 있어서 어디에 살아서 있는 것이 아니라 존재하는 자체로 가치가 충만합니다.

우리의 가치는 붓다, 불성입니다. 더 고귀한 가치가 있습니까? 부족함이 없고 완벽하고 이미 평화롭고 한없이 지혜롭고 자비로운 참본성이 있습니다. 여기에 자부심을 가지세요. 자신감은 자신의 무한한 가능성을 믿는 것입니다.

내재하는 훌륭함을 알면 열등감도 우월감도 갖지 않을 겁니다. 잘할 때는 누구에게도 있는 무한한 가능성 덕분이라는 것을 알기 때문에 오만하지 않아요. 못할 때는 이것이 일시적인 현상일 뿐이고 자신이 아니라는 것을 알기 때문에 우울하지 않아요. 자신을 봐줄 수 있어요. 불성 말고는 집착할 게 없어요.

적게 하자

생각을 하면 망상이고
말을 하면 모순이다.
듣는 것도
보는 것도
말하는 것도
적게 하자.

희망을 포기하지 않는 태도

어려움을 견딜 만하게 하고
안 좋은 상황을 좋게 만들고
모든 아픔을 달래는
이것이 뭘까요?
태도입니다. 희망을 포기하지 않는 태도입니다.
희망은 늘 있습니다.

바로 여기

우리가 늘 찾고 있는 행복은 어디에 있을까요?

바로 여기 이 순간에 있어요.

찾는 마음을 내려놓는 순간

힘 빼고 릴렉스 하는 순간

생각을 쉬는 순간

자연스러운 평화가 있습니다.

마음을 쉬세요

이 평화는 허공처럼 자유롭고 걸림이 없어요. 동시에 알고 있어요. 현존감이 있어요. 환경에 깨어있어요. 보이고 들리고 느낄 수 있어요. 오감을 자각할 수 있어요. 무엇을 하고 있는지 무엇을 생각하고 있는지 알고 있어요.

릴렉스 하면서 알고 있는 여기에 익숙해져야 해요. 바로 힘 빼세요. 현존감을 알아차려 보세요. 이 순간 속에 있어 보세요. 생각을 따라가지 않고 조작 없이 마음을 쉬세요. 찰나 찰나 앎 속으로 쉬세요. 우리의 참본성인 조건 없는 행복을 알고 싶으면 마음을 쉴 줄 알아야 합니다.

순수 알아차림

참본성으로 사는 것을 배워야 합니다. 우리의 참본성이 무엇입니까? 순수 알아차림입니다. 생각을 이어 가면 감정이 되고 감정이 반복되어서 습관이 되고 습관은 업이며 고통입니다. 생각이 이어지지 않도록 개념이 끼어들지 않도록 생각 없는 깨어있음을 찰나 찰나 유지하는 것을 배워야 합니다.

이것이 가장 높은 수행이며 모든 것을 애씀 없이 이루게 하며 업장소멸 대박, 공덕자량 대박입니다. 분별없이 매 순간, 알아차림 속으로 마음을 쉬는 것입니다. 더 직접적인, 더 효율적인 수행법을 찾지 마십시오.

불편한 관계를 다루는 세 가지 방법

- 멀리함: 관계가 너무 좋지 않아서 자신에게도 상대방에게도 계속 해가 되면 멀리하는 것이 최선일 수도 있습니다. 함께 있어서 좋은 일이 없으면 가능한 만큼 멀리하는 것이 도움이 됩니다. 멀리할 때는 친절하게 하는 것이 중요합니다. 희망이 전혀 없을 것 같으면 마지막 단계로 이혼, 이별도 괜찮습니다.

- 자비심: 관계를 통하여 용서와 내려놓음과 겸손을 배웁니다. 아집을 닦는 기회로 삼고 자비심을 실천합니다. 불편한 관계를 유익한 관계로 바꿀 수 있다면 엄청난 공부가 될 것입니다.

- 받아들임: 주어진 인연을 존중하고 일체 개념을 만들지 않고 있는 그대로 받아들입니다. 늘 변하고 알 수 없는 관계의 무상함을 열린 마음으로 허용합니다. 함께 있는 것을 거부하지 않습니다. 알아차림을 일깨워 주는 원인으로 삼고 일어나는 모든 생각과 감정을 알아차림 속으로 녹입니다. 상대방에 대해 나쁜 감정을 키우지 않았기 때문에 항상 정당하고 바르게 말하고 행동합니다. 가장 높고 깔끔하고 훌륭한 방법입니다.

어떤 방법을 쓰든지 불편한 관계에서 해를 입지 않고 수행으로 삼는 것이 중요합니다. 세 가지 다 해 봐도 좋습니다. 수행자에게는 불편한 관계가 큰 선물입니다. 자신의 허물을 보게 되고 공부거리가 생긴 것입니다. 부처님의 가피입니다.

부담을 내려놓으세요

늘 나아지려고 하는 부담을 내려놓으세요. 늘 착해야 한다는 부담을 내려놓으세요. 이 순간에 주어진 것 말고 다른 것을 원하는 부담을 내려놓으세요. 좋은 것을 바라고 안 좋은 것을 두려워하는 부담을 내려놓으세요.

생각의 부담을 내려놓으세요.
찾지 않으면 찾을 겁니다.
애쓰지 않으면 이미 도달했어요.
그저 존재하면 평화가 있어요.
부담을 내려놓으세요.
자기계발은 끝이 없어요.
그저 쉬면
그저 존재하면
가슴과 연결이 됩니다.
참본성이 있어요.
집에 왔어요.
평화에 왔어요.
우리가 온전함

우리가 자유

우리가 사랑이에요.

찰나 찰나 알아차림 속으로 부담을 내려놓으세요.

끝없이 나아가고 성장하는 가장 훌륭한 길입니다.

우리 다 같은 처지예요

요즘 뒤늦게 〈나의 아저씨〉라는 드라마를 열심히 보고 있습니다. 아는 분이 꼭 한번 보라고 권해 주어서 보게 되었어요. 〈나의 아저씨〉는 망가진 영혼들의 이야기라고 할 수 있어요. 드라마를 보면서 한국 사람의 고통에 대해서 많이 생각하게 되었어요. 많은 사람들이 이 드라마를 보면서 위로를 받았다고 하는데, 그 이유 세 가지를 생각해 봤습니다.

첫째는 '괜찮아'입니다. 망해도 괜찮아. 50년을 살면서 아무것도 한 게 없어도 괜찮아. 사업이 망해도 괜찮아. 큰 죄를 지어도, 큰 실수를 해도 살아갈 수 있고 희망이 있다는, 우리 다 같은 처지라는 것을 알게 해 줍니다.

둘째는 '아무것도 아니다'입니다. 남자 주인공이 바람피우는 아내 때문에 무척 힘들어하다가 스님 친구가 있는 절을 찾아갑니다. 두 사람은 어렸을 때 친구였어요. 스님 친구가 뒤에서 슬쩍 안으면서 "아무것도 아니다. 아무것도 아니다"라고 합니다. 처음에는 친구의 따뜻함을 거부하다가 이내 받아들입니다. 종종 대사로 나오는 '아무것도 아니다'가 이 드라마의 주제인 것 같습니다.

고통이 아무것도 아닌 이유는 지나가기 때문입니다. 무상을 아는 것이 고통을 넘기는 비결입니다. 부처님의 가르침은 고통을 없애는 것이 아니라 고통을 인정하는 것입니다. 고통으로부터 도망가지 않고 인정하면 카타르시스를 경험합니다.

셋째는 다른 사람에 대한 관심으로 자신이 치유된다는 것입니다. 남자 주인공과 여자 주인공의 사랑은 낭만(로맨스)을 넘은 조건 없는 사랑입니다. 자신의 고통으로 상대방의 고통을 깊이 이해하고 남다른 인연을 맺습니다. 고달픈 삶을 사는 고달픈 영혼끼리 서로 지켜 주는 따뜻한 러브 스토리입니다. 서로 집착하는 끈적끈적한 보통의 러브 스토리가 아닙니다.

'나도 너도 아파. 그래서 우린 친구야'라는 겁니다. 나는 바닥이지만 너는 이렇게 되지 말라는 마음으로 서로 지켜 줍니다. 얼마나 아픈지 알기에 상대방은 그렇게 아프지 않기를 바라는 마음으로 서로 책임지는 인간의 참모습을 보여 줍니다.

슬픔이 나쁜 것이 아닙니다. 어쩌면 가장 인간적인 감정이라고 할 수 있어요. 생각하게 하고 삶의 아픈 본질을 알게 합니다. 삶은 아픕니다. 행복을 약속하지만 고통을 줍니다. 허망한 꿈을 평생 좇다가 망가집니다.

그런데 고통이 있어도 망가져도 괜찮다는 것입니다. 그리고 남을 지켜 주는 것이 가장 중요하고 고통이 아무것도 아니라고 말합니다. 이 드라마는 엄청 괴롭습니다. 그리고 엄청 따뜻합니다. 엄청 우울합니다. 그리고 엄청 인간적입니다. 삶과 똑같은 거죠.

누구의 삶도 쉽지 않습니다. 힘든 걸 당연하게 여기세요. 앞으로 나가세요. 그리고 옆에 있는 사람을 지켜 주세요.

"망해도 괜찮은 거구나. 아무것도 아니었구나. 망가져도 행복할 수 있구나." (드라마 〈나의 아저씨〉 대사 중에서)

우리 잘난 척 안 해도 돼요.

못해도 괜찮아요.

우리 다 같은 처지예요.

질투심이 일어날 때

한국은 이제 세계에서도 잘사는 나라로 손꼽히는 나라입니다. 그런데 비교하는 마음과 경쟁심 때문에 행복하지 못한 거 같습니다. 우리나라의 대표적인 번뇌는 질투심 같아요.

저 역시 한국 사람인가 봐요. SNS에 글을 올렸을 때 100명이 '좋아요' 하면 기분이 좋아요. 그런데 잘 알려진 어떤 스님이 글을 올리면 몇천 명이 '좋아요' 해요. 금세 불행해집니다. 글이 얼마나 좋으면 그럴까 싶어 저도 한번 읽어 봅니다. '별 거 아니네' 하고 생각하면서 비판까지 해요. 질투심은 비판으로 드러납니다. 다른 사람의 좋은 점이 하나도 보이지 않아요. 남의 덕을 하찮게 여깁니다. 질투심이 생기는 거죠.

질투심은 가장 알아차리기 어려운 번뇌라고 합니다. 행복의 가장 큰 장애는 비교하는 마음이 아닐까 싶어요. 인정받고 싶어서 비교하는 마음으로 늘 시선이 바깥에 가 있는데, 행복할 수 있을까요? 행복을 가로막는 장애 세 가지가 있습니다. Comparing(비교), Criticism(비판), Competition(경쟁), 3C입니다. 부처님은 남이 무엇을 하는지 신경 쓰지 말라고 하셨습니다. 자신이 무엇을 하는지 신경 쓰라고 하셨습니다.

만족, 감사, 고요

부처님께서 말씀하신 고(苦)는 산스크리트어로 '두카'라고 합니다. 두카는 세 가지 마음의 기본 습관을 가리킵니다. 만족하지 못하는 마음, 감사할 줄 모르는 마음, 가만히 있지 못하는 마음입니다. 반면에 행복은 만족하는 마음, 감사하는 마음, 가만히 있는 마음(고요한 마음)입니다.

흙탕물을 가만히 두면

'알아차려야 돼! 산란하면 안 돼!' 하는 강박으로 좌선하면 잘 되지 않습니다. 알아차림을 바라는 것이 아니라 알아차림을 알아봐야 합니다. 알아차림 속으로 쉬는 것입니다. 고요함과 명료함과 평화를 찾지 않아요. 초조함과 둔한 마음과 졸음을 거부하지 않아요. 모든 것에 완전히 열려 있고 허용합니다.

명상은 자연스럽게 평이하게 천천히 친절하게 하는 것입니다. 불편함과 긴장과 초조함을 허용하세요. 마음이 불편해도, 몸이 불편해도 괜찮아요. 흙탕물을 가만히 두면 맑아집니다. 마음을 가만히 두면 저절로 고요해지고 맑아집니다. 명상은 목표가 없습니다. 앉기 위해 앉는 것입니다. 편안하면서 깨어 있습니다. 이것이 참선의 요점입니다.

유일하게 확실한 것은 불확실함

어떤 것도 좋지도 나쁘지도 않고 과정입니다. 늘 변하는 유동적인 과정입니다. 우리는 무상한 본성을 알아보지 못하고 있습니다. 무상無常(아니차)은 어떤 상황도 불확실하고 알 수 없다는 것입니다. 확고한 결론을 내릴 필요가 없다는 것입니다.

우리는 확실함을 좋아하고 집착합니다. 하지만 확실한 것이 하나도 없습니다. 무상을 받아들이지 못해서 고통을 받습니다. 유일하게 확실한 것은 불확실함입니다.

알아차림이 있으면 잡을 것이 없다는 것을 알 수 있습니다. 무상을 알아보고 허용할 수 있습니다. 진리가 너희를 자유롭게 하리라. 그 진리는 아니차, 무상입니다!

마음 조심하이소!

행동보다 말보다 마음이 업을 만듭니다. 행동보다 말보다 마음을 조심해야 합니다. 동기가 행복을 만들고 고통을 만듭니다. 누구를 죽이고 싶은 마음이 들면 사람을 죽이는 것과 같은 악업을 만듭니다. 고통의 씨앗이 심어지고 악한 마음의 경향을 강화합니다.

이성과 자고 싶으면 관계를 갖는 것과 비슷한 업을 짓게 됩니다. 갈망이 심해집니다. 업은 마음의 경향성을 의미합니다. 마음의 경향은 동기를 만들고 그것을 강화합니다. 다른 사람의 불행을 좋아하면 우리에게 불행의 원인이 생기며 다른 사람의 행복에 기뻐하면 우리에게 행복의 씨앗이 심어집니다.

다른 사람의 나쁜 행동에 찬성하면 우리가 그 행동을 한 것과 같은 결과를 갖게 되고 다른 사람의 선행을 찬탄하면 우리가 그 선행을 한 것과 같은 결과를 갖게 됩니다. 선업 악업, 마음에 달려 있습니다. 마음 조심하이소!

행복을 따라가세요

돈이 문제입니까? 돈 욕심이 문제입니다. 성공하지 못한 게 문제입니까? 기대가 너무 많은 게 문제입니다. 돈 버는 것과 성공에 초점을 두지 말고 행복에 초점을 두세요. 만족과 감사와 공평과 친절에 초점을 두세요. 그러면서 돈을 벌고 할 일을 하세요. 성공을 따라가지 말고 돈을 따라가지 말고 행복을 따라가세요.

행복의 재료 네 가지
- 수행(기도, 명상 등)
- 좋은 인간관계
- 남을 돕는 일
- 건강

마음이 전부

우리 집이 사찰이며 내 몸이 법당입니다. 옆에 있는 분이 선지식이며 모든 사람이 스승입니다. 나의 수행은 걷는 것이고, 앉는 것이고, 먹는 것이고, 일하는 것이고, 말하는 것입니다. 알아차림이 도반이며 자비심이 귀의처예요. 중생이 복전(福田)이며 내려놓음과 용서가 고행입니다. 자비심이 있으면 중이고 보리심이 있으면 보살이며 깨어있음이 있으면 부처예요.

여기 이 순간이 정토이며 윤회와 열반은 따로 있지 않습니다. 보이는 모든 것이 관세음보살이며 들리는 모든 것이 부처님의 가르침이에요. 인생 말고는 진리가 없고 삶 말고는 수행이 없습니다. 마음이 전부이며 평생이 안거입니다.

자신의 주인이 되세요

엉뚱한 의리로 하기 싫은 것을 계속하면 삶까지 버릴 수 있어요. 스스로 결정하세요. 안 해도 되는 것을 계속할 필요는 없어요. 자신에게 충실하세요. 거절을 못 하고 다른 사람을 행복하게 하기 위해 자신의 삶을 망치는 경우가 많아요. 평생 누구에게 매달릴 필요가 없어요. 누구의 노예로 살지 말고 자신의 주인이 되세요. 자신의 행복을 찾으세요. 세상에게 줄 수 있는 가장 좋은 선물은 자신의 행복입니다.

명상의 3단계

- 의도적인 알아차림: 처음에는 의도를 가지고 대상을 알아차립니다. 소리나 호흡이나 어떤 한 가지에 집중해서 알아차림의 힘을 키웁니다. 첫 번째 단계가 가장 어렵고 노력이 많이 필요합니다. 생각이 많고 조급해서 마음을 안정시켜 고요함을 경험하는 것이 쉽지 않습니다.

- 조작 없는 알아차림: 알아차리는 것이 쉽고 자연스러워 노력이 거의 필요 없습니다. 아주 쉽게 아무것도 안 하면서 깨어있는 마음자리에 쉴 수 있습니다. 알아차림을 알아차리는 단계입니다. 생각이 얌전하고 마음의 평화와 고요함을 평소 많이 느낍니다. 생각이 거의 이어지지 않고 감정은 여전히 일어나지만 쉽게 풀 수 있습니다. 가끔 어려움도 경험하지만 오래가지 않습니다. 이 단계에 이르는 수행자들이 굉장히 많습니다.

- 자생의 알아차림: 꽃이 향을 품듯이 태양이 빛을 주듯이 알아차림이 저절로 아무 노력 없이 자연발생으로 일어납니다. 도움이 되는 생각만 일어나고 모든 사람과 모든 것을 좋게 봅니다. 무엇을 하든 무슨 말을 하든 지혜롭게 자비롭게 하게 됩니다.

대부분 사람들은 첫 번째 단계를 넘기지 못합니다. 명상은 처음에는 굉장히 어렵지만 나중에는 노력 없이 즐겁게 하게 됩니다. 피아노를 배우려면 당연히 엄청나게 노력해야 한다는 것을 알면서 명상을 배우는 사람들은 몇 달도 안 하고 기대만 많고 쉽게 포기합니다. 명상을 배운 지 오래됐지만 하루에 30분도 좌선을 안 하는 사람들이 많아요. 그러면서 마음의 변화가 없다고 불평만 해요.

어떤 것도 연습으로 쉬워지지 않는 것이 없어요. 어떤 것도 잘하려면 마음과 시간과 노력을 투자해야 합니다. 명상은 자신을 위한, 행복을 위한 투자이며 고통의 유일한 약입니다.

이 순간에 초점을 두겠습니다

문제에 대한 걱정을 그만하고 해답에 초점을 두겠습니다.
자신의 행복에 대한 고민을 그만하고
선한 마음에 초점을 두겠습니다.
몸에 대한 걱정을 그만하고 건강에 초점을 두겠습니다.
잘못된 것에 대한 반추를 그만하고
할 수 있는 것에 초점을 두겠습니다.
과거에 대한 궁리와 미래에 대한 걱정을 그만하고
이 순간 현존하는 데 초점을 두겠습니다.

잠깐이기 때문입니다

왜 꽃이 귀합니까? 잠깐이기 때문입니다.
왜 인연이 소중합니까? 잠깐이기 때문입니다.
왜 삶이 소중합니까? 잠깐이기 때문입니다.
지나가고 말 무상을 알면 모든 것이 소중합니다.

친구야 행복하자

욕망이 있는 것은 어쩔 수 없지만 욕망을 따라다니는 것은 헛되고 괴로운 일입니다. 행복하지 못한 이유는 돈과 유흥과 인정과 명예를 따라다니기 때문입니다. 이런 것들이 나쁘다는 것이 아닙니다. 하지만 자연스럽게 접하자는 거예요. 갈망과 추구가 고통입니다.

항상 무엇을 좇는 마음은 악귀의 정신이에요. 항상 갈증이 남고 모자라고 만족하지 못해요. 돈을 갈망하지 않고 돈이 있으면 잘 쓰고 돈이 없어도 행복하자는 거예요. 연인을 갈망하지 않고 연인이 있으면 즐겁게 지내고 연인이 없어도 스스로 행복하자는 거예요. 맛있는 것을 갈망하지 않고 맛있는 것이 있으면 맛있게 먹고 맛있는 게 없어도 신경 쓰지 말자는 거예요.

우리 행복하게 살아요.
매 순간 만족하고 감사하고 기쁘게 살아요.
친구야 행복하자!(〈나의 아저씨〉 대사)

바다가 주는 선물

바다로 오세요.

바다가 주는 선물이 있어요.

긍정을 주고

마음이 열려요.

바닷가에서 한번 자고 나면

개운해요.

바닷바람 바다 냄새

언제나 좋아요.

바다를 보는 것이 치유

파도 소리 듣는 것이 명상

끝이 없는 바다

끝이 없는 하늘

끝이 없는 마음

만나는 이곳

어서 오세요.

깊고 광대한 마음의 바다에

다 놓아 버려요.

바다에서 자신을 찾아요.

살 수 있습니다

아무것도 신성한 게 없는 것처럼 살 수 있고
모든 것이 신성한 것처럼 살 수 있습니다.
기적이 하나도 없는 것처럼 살 수 있고
모든 것이 기적인 것처럼 살 수 있습니다.
모든 것이 평범한 것처럼 살 수 있고
모든 것이 비범한 것처럼 살 수 있습니다.
신성한 견해로 자신과 남들과 세상을 바라보게 하소서.

나의 코끼리 마음

여기저기 돌아다니는
나의 코끼리 마음
알아차림의 밧줄로 잡아서
정지正知로 지켜보리라.
불방일不放逸로 받들고
거친 코끼리 마음
길들이게 하리라.

원수 같은 코끼리 마음
오래 싸운 코끼리 마음
이제 나의 편이 되었다.

말 잘 듣는 코끼리 마음
힘센 착한 코끼리 마음
매 순간 도움이 되는
최고의 벗이 된
나의 코끼리 마음
싸움이 끝났다.

우리 이렇게 살아요

바다는 비에 젖지 않는다.

하늘은 구름에 개의치 않는다.

산은 바람에 움직이지 않는다.

사자는 동물에 놀라지 않는다.

연꽃은 진흙에 물들지 않는다.

우리 이렇게 살아요.

세상에 살면서 세상에 의해 살지 말아요.

마음의 승리자가 되고자 합니다

저는 인생의 낙오자입니다. 아홉 살 때 아버지 따라 미국으로 건너가서 외국 땅에서 어설프게 살았어요. 엄마는 안 계셨고 아버지는 여러 번 이혼하고 돈도 못 벌었어요. 저는 삶의 방향 없이 대학을 다녔어요. 머리는 좋았지만 게을러서 공부를 제대로 못 했어요. 대학 과정은 마쳤지만 학생 대출 3만 달러만 남고 졸업은 못 했어요. 미국에서는 아무한테나 신용카드를 내주는데 신용카드를 여러 개 받아서 팍팍 쓰고 몇천 달러의 빚을 못 갚아 20대에 파산 신고를 하기도 했어요.

열등감이 심하고 사는 게 고달파서 무감각하게 살았어요. 제대로 하는 거 없이 인생 낙오자의 길을 가는 도중에 운명을 바꾼 그 날을 만났습니다. 서른 살에 우연히 달라이 라마님의 대중 강연을 들었는데, 이야기가 놀라우면서 신선했어요. 간단하면서도 힘이 있어 제게 깊이 와 닿았습니다. 그 뒤로 스승님을 만나 티베트불교 선방에서 4년 동안 수행 과정을 마쳤어요.

불교를 만난 뒤 세속의 성공과 실패는 행복과 관계가 없다는 것을 알게 되었어요. 참본성에 대해 배우고 놀랍게도 '내가 생각하는 나'는 나 자신이 아니라는 것을 알게 되었어요. 세속의 조건으로 자신을 정의하지 않고 참본성에 자부심을 갖게 되었어요.

무한한 가능성이 있다고, 원래 훌륭하다고, 허물은 나 자신이 아니고 일시적인 습관일 뿐이라는 것을 배웠어요. 늘 부족해서 가치가 없다고 생각했던 제가 참본성을 믿고 체험하기 시작했어요.

가난하게 살던 제가 부처님의 가문에 태어나 마음의 부자가 되었어요. 그리고 스승의 사랑으로 늘 그리웠던 엄마의 사랑을 뒤늦게 알게 되었어요. 지금까지도 은사 스님을 마음의 어머님이라고 생각해요. 같이 있을 때는 잘 몰랐는데, 스승님한테 사랑받는 게 그렇게 좋을 수 없었어요. 스승님은 저의 모든 허물을 정확히 보면서도 저를 믿어 주셨어요. 부드럽고 친절하게 제 자신감을 키워 주셨어요.

불교를 만나서 부귀영화의 의미가 없어졌어요. 돈이 없어도, 인정을 안 받아도 돼요. 이번 생에는 행복하지 않아도 돼요. 제 업을 해소하고 남에게 행복을 주는 사람이 되고 싶어요. 마음공부에 모든 걸 바치고 싶습니다.

여전히 게으르고 제대로 된 사람이 아닙니다. 철이 없고 자신만 생각하는 얌체이기도 해요. 이제 시작입니다. 사실은 시작도 끝도 없이 가는 길이 전부라고 생각해요. 하지만 가는 길이 참 괜찮습니다.

요즘은 제 자신과 아무 문제가 없고 마음은 늘 평화롭고 자유로워요. 만족하고 감사해요. 어려움도 왔다 갔다 하지만 머리로 만드는 고통은 많이 없어요. 행복도 깨달음도 건강도 바라지 않고 이 순간을 의미 있게 기쁘게 사는 것이 전부예요.

불교는 깨달음을 추구하는 게 아니라 깨달음으로 사는 거예요. 죽음을 생각하는 출리심, 중생과 해탈을 생각하는 보리심, 스승을 생각하는 신심 이것만 생각하고 있어요.

저는 인생의 낙오자입니다. 그림자처럼 저를 따라다녔던 부끄러운 과거를 오랫동안 밝히고 싶었어요. 인생의 낙오자가 마음의 승리자가 되는 과정에서 얻은 삶의 경험을 이 책에 담았습니다.

여기에 지혜가 있다면 저의 인자하신 스승님들 덕분입니다. 달라이 라마 존자님, 뻬마 왕겔 린포체, 밍규르 린포체, 사캬 티진 존자님, 직메 켄체 린포체, 아남 툽텐 린포체와 모든 깨우친 스승님들 덕으로 제가 다시 태어났고 제 자신을 찾았습니다.

이 책을 만들기 위해 애쓴 모든 분들에게 진심으로 감사드립니다. 그리고 세첸코리아 스태프와 회원님들 덕으로 제가 사람이 좀 되어 가고 있는 것 같아요. 다른 사람의 덕을 엄청 많이 보네요.

하늘 같은 스승과 여러분의 은혜를 수행으로 꼭 갚겠습니다.

2019년 가을이 될 무렵에,
못난 중 용수

부록

하루를 여는 아침이나
저녁 잠자리에 들 때마다
잠깐씩이라도
명상을 해 보시는 건 어떨까요?

유튜브에 있는
용수 스님의 법문과 명상법을
간추려서 소개해 드립니다.
휴대전화로 큐알코드를 찍으면
해당 명상으로 이동합니다.

생각으로부터 자유로워지는 법

명상을 배우면

생각을 알아차리게 됩니다.

생각을 접하는 방식이 달라지기 시작합니다.

우리는 생각 세계에 삽니다.

생각 세계는 매우 좁고, 고통이 많은 세계입니다.

우리는 생각으로 몽상과 허상을 계속 만들고

나라는 존재도 구체화하고 제한이 많은

고통의 세계를 만들어서 그 세계 안에서 살고 있습니다.

그래서 명상의 핵심은 생각을 알아차리는 것입니다.

생각을 그저 관하고, 생각의 순수한 목격자가 되어

생각을 담담하게 지켜보는 것을 연습하면

감정과 나를 동일시하던 것에서

순수자각과 동일시하게 되는 전환이 일어납니다.

이렇게 되면 마음이 편안해지고 내면의 본성을

더 잘 알게 되어 본성이 열리기 시작합니다.

티베트불교에서는 생각을 해탈해준다고 표현하는데요.

이것이 부처님 법에서 심장이라고 할 수 있을 정도로

중요한 명상 방법인데 생각을 풀어 주는 것을 배워야 합니다.

우리의 문제는 감정입니다.

부정적인 감정, 슬픔, 두려움, 절망감,

질투심, 싫증, 무기력 등이 문제입니다.

감정은 아침 안개와 같습니다.

그냥 두고 바라보기만 하면 사라집니다.

그러나 그 감정을 이어 간다면

그 감정에 힘을 키우는 것입니다.

자꾸 이렇게 하면 습관이 돼서 아주 힘듭니다.

가끔 슬픔이 올라올 수도 있고 두려움이 올라올 수 있습니다.

두려움을 환영할 수 있다면

두려움이 그렇게 두렵지 않아요.

두려움의 실체를 알 수 있어요.

때로는 두려움이 아주 강력하게 올라올 수 있어요.

강력한 두려움이 올라오면 환영하기가 어려워요.

하지만 용기를 갖고, 한순간만이라도

알아차리고 환영할 수 있다면

두려움이 생각보다 무섭지 않고 우리를 괴롭힐 수 없어요.

그 감정 속에 릴렉스 하세요.

마음을 쉬는 명상 1

몸을 편안하게 느껴 보세요.

몸의 무게를 느껴 보세요.

몸을 느끼려고 하는 순간, 몸이 편안해집니다.

몸을 느끼려고 하는 의도가 있는 한

몸과 마음이 같이 있습니다.

몸과 마음이 같이 있는 명상을

몸명상이라고 합니다.

몸은 이 순간에 있지만,

마음은 왔다 갔다 돌아다닙니다.

돌아다니는 이 마음을

이 몸으로 들어오게 하세요.

몸 전체를 편안하게 느껴 보세요.

궁금한 마음으로 몸 전체를 살펴 보세요.

몸도 쉬고, 마음도 잠시 쉬세요.

우리의 몸에 잠시라도 모든 것을 내려놓으세요.

몸 안에 릴렉스 하세요.

몸도 편안하게, 마음도 편안하게 가지세요.

스스로에게 친절하세요.

숨을 한 번 깊이 쉬세요.

편안하게 우리 몸의 무게를 느껴 보세요.

의사 선생님이 우리 몸을 살피듯이

우리도 우리 몸을 살펴 보세요.

담담하게 살펴 보세요.

좋고 나쁜 생각들이 일어날 수 있어요.

생각이 일어나는 것은 자연스러운 것입니다.

생각이 자연스럽게 사라지도록 두세요.

몸 전체를 편안하게 느껴 보세요.

생각에 빠지면 몸을 느낄 수 없습니다.

앎이 있다면 몸을 느낄 수 있습니다.

몸을 친절하게 느껴 보세요.

몸을 느끼는 순간 몸이 편안해집니다.

우리 존재는 본래 평화롭고 무한하게 자비롭고 지혜롭습니다.

하지만 이런 존재를 바라보지 못하고 생각을 굴리기 때문에

이런 평화롭고 자비로운 존재가 없는 것처럼 느낍니다.

이런 존재를 알게 되려면 앎이 있어야 합니다.

앎과 익숙해져야 합니다.

마음을 쉬는 명상 3

우리는 감정 때문에 힘들어합니다.

분노, 증오, 슬픔, 우울 이런 감정 때문에 힘들어합니다.

이제 감정을 알아차리는 방법을 배워 보도록 하겠습니다.

감정명상을 하기 위해서 감정이 필요합니다.

지금 감정이 있으면 그 감정으로 하고,

감정이 없다면 최근 느꼈던 감정을 떠올려 보세요.

나는 친구가 없다.

나는 행복할 수 없다.

난 참 안됐다.

나는 되는 일이 없다.

나를 좋아하는 사람이 없다.

이런 생각에 빠지면 감정에 빠지고 맙니다.

이런 감정이 올라오면 그 감정을 환영하는 것입니다.

분노를 환영하고, 슬픔을 허용하고,

두려움에 미소 짓고,

불안을 생생하게 느껴 보세요.

늘 피하려고 해서 고통이 우리를 따라다닙니다.

하지만 그 감정을 직면하면 고통에서 벗어나게 됩니다.

진정한 명상은 마음을 쉬는 것입니다.

마음을 어떻게 쉽니까?

몸을 쉬듯이 릴렉스 하시면 됩니다.

우리의 지친 마음을 짧게라도 이 순간에 쉬세요.

우리는 불필요하게 고통을 받습니다.

생각과 엉켜서 어쩔 수 없이 생각에 끌려가서

불필요한 고통을 만듭니다.

쉬는 순간 우리의 본성이 있습니다.

우리의 본마음이 있습니다.

우리의 본마음은 늘 평화롭고 끌림이 없고,

항상 행복합니다.

잠시 이렇게 쉬는 순간 본마음이 있습니다.

Just Relax.

용수 스님의 코끼리

초판 1쇄 발행 | 2019년 9월 28일
초판 4쇄 발행 | 2024년 4월 8일

지은이   용수
펴낸이   이정하
자료정리   김영훈
교정교열   이혜숙
디자인   정제소

펴낸곳   스토리닷
주소   서울시 서초구 방배동 934-3 203호
전화   010-8936-6618
팩스   0505-116-6618
ISBN   979-11-88613-11-3 (03810)

홈페이지   http://blog.naver.com/storydot
SNS   www.facebook.com/storydot12
전자우편   storydot@naver.com
출판등록   2013. 09. 12 제2013-000162

이 도서의 국립중앙도서관 출판예정도서목록(CIP)은 서지정보유통지원시스템 홈페이
지 (http://seoji.nl.go.kr) 와 국가자료공동목록시스템 (http://www.nl.go.kr/kolisnet) 에서
이용하실 수 있습니다. (CIP제어번호: CIP2019036029)

스토리닷은 독자 여러분과 함께합니다.
책에 대한 의견이나 출간에 관심 있으신 분은 언제라도 연락주세요. 반갑게 맞이하겠습니다.